什麼都要排隊。

一個人上東京

高木直子◎圖文
常純敏◎譯

上東京時的心情

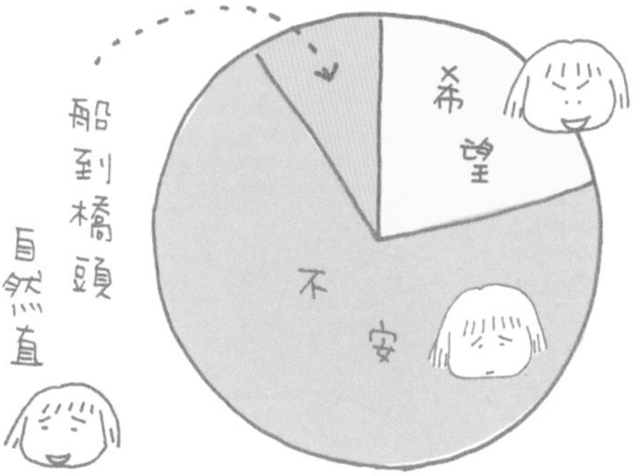

○前言

「我想去東京當插畫家。」
心中只有夢想，沒有目標，
不知世間險惡地來到一個朋友也沒有的東京，
那是一九九八年四月的事了。
「只要上東京，一定會有美好的未來等著我。」
光憑著這種毫無根據的想法，沒有計畫。
存款也只有一點點兒。
當時我想反正船到橋頭自然直嘛……

就這樣開始了我的東京生活，是一連串的驚嘆號。
看到的、聽到的、經驗的，通通都是第一次。
「東京果然名不虛傳哪！」
面對不習慣的都市生活，每天都小鹿兒心頭亂撞。

但老實說，開心的事情比較少，
辛苦的事情比較多……

單要維持生活就很不容易。
插畫工作一點頭緒也沒有。
存款一眨眼就花光了，每天都在打零工。
原本以為東京是個充滿夢想的城市，
但她其實也許是個超級現實的都市呢！
總之啊，光是生活費就把我弄得筋疲力盡。
忍不住開始碎碎唸：「我到底是來東京幹啥的？」
好奇怪啊，怎麼會變成這樣咧……
雖然一個人上東京了，但未來的我會變成怎樣呢？

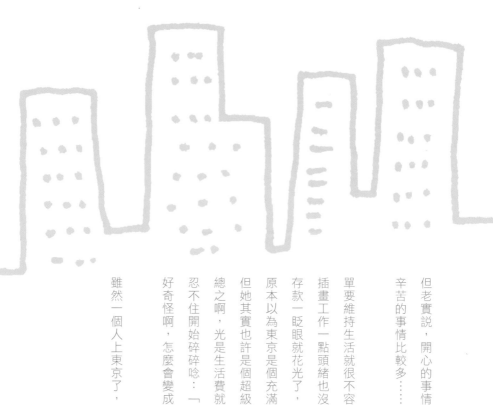

○目錄

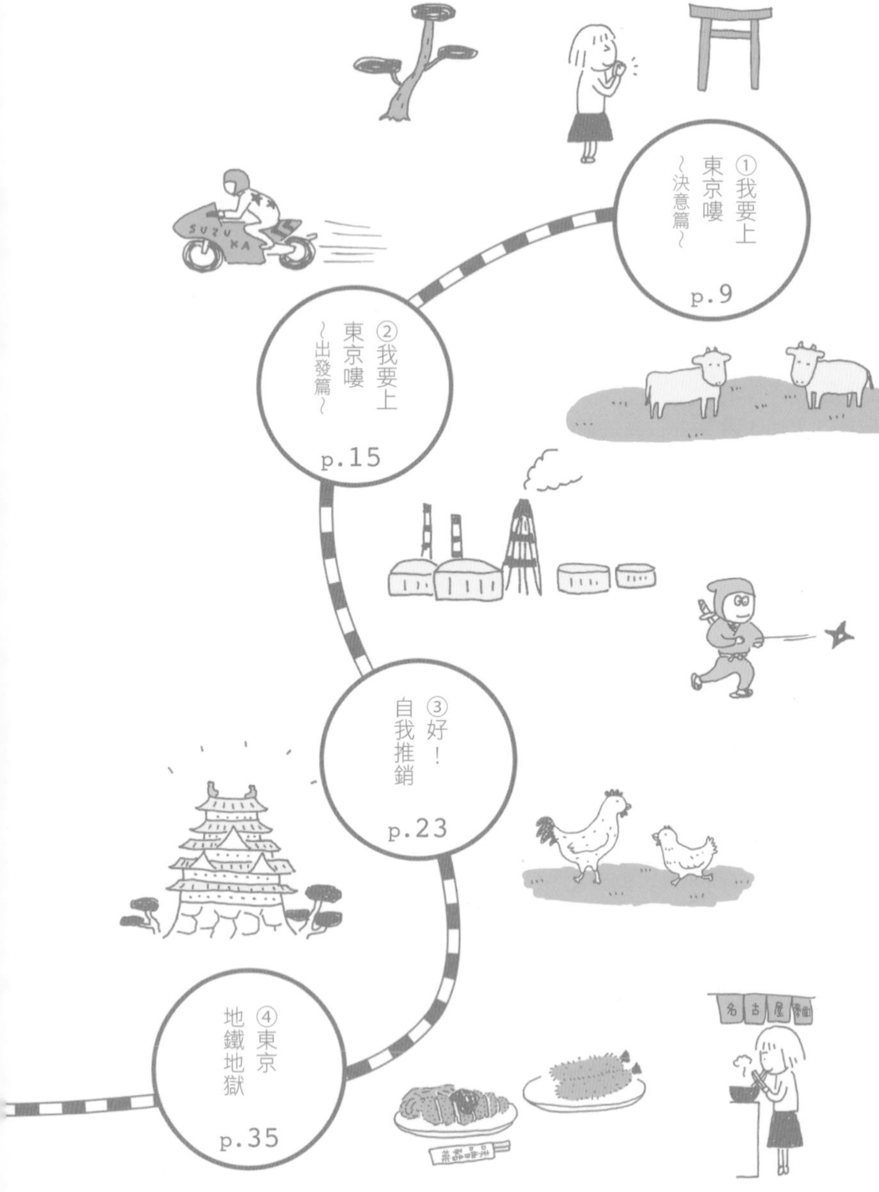

①我要上東京嘍 ～決意篇～ p.9

②我要上東京嘍 ～出發篇～ p.15

③好！自我推銷 p.23

④東京地鐵地獄 p.35

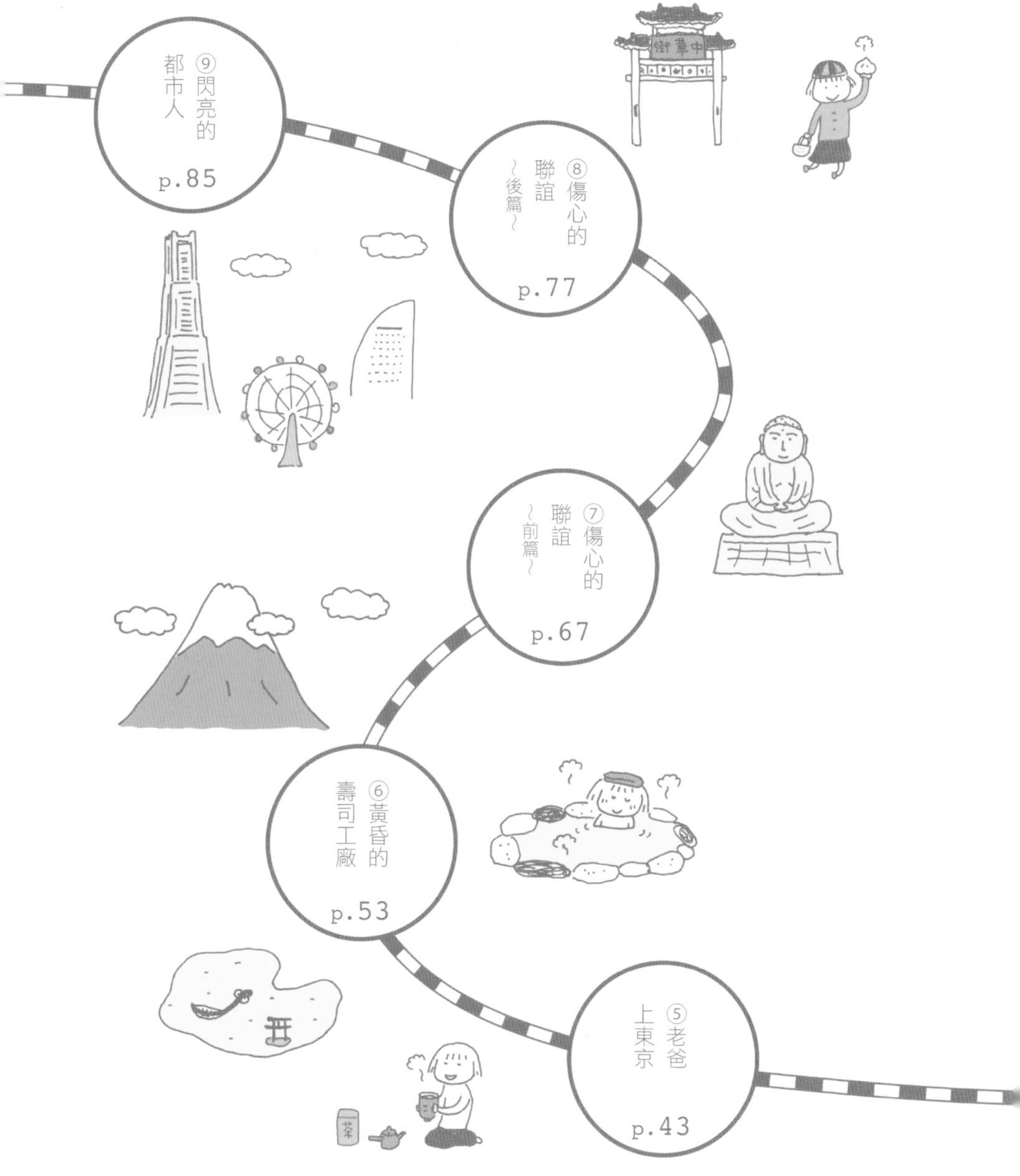

⑤老爸上東京 p.43
⑥黃昏的壽司工廠 p.53
⑦傷心的聯誼～前篇～ p.67
⑧傷心的聯誼～後篇～ p.77
⑨閃亮的都市人 p.85

⑩街頭推銷騙局 p.93

⑪返鄉探親真辛苦 p.103

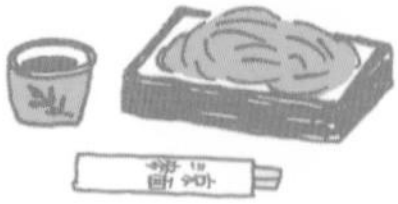

⑫首次展覽會 p.115

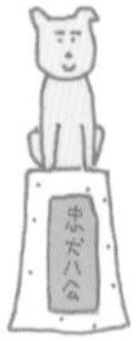

番外篇 小鹿亂撞遊東京 p.129

快樂in東京

p.33, 34, 42, 65, 66, 76, 84, 92, 114, 128, 137, 140

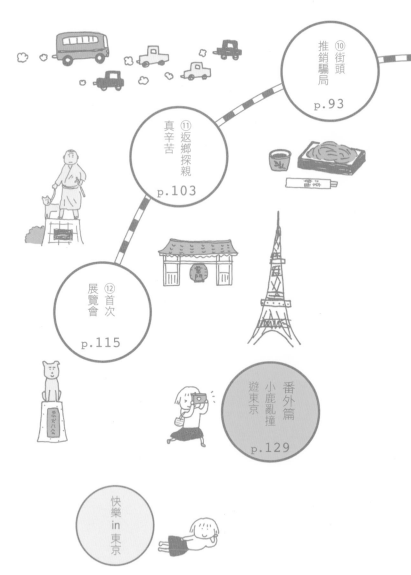

1 我要上東京嘍

~決意篇~

97年的秋天……
我把工作辭了，
每天在家裡過著
頹廢的米蟲生活。

要不要去打個工啊？
母
扭來扭去
……
父
反正有失業保險可以領，沒關係啦～

↓

我那時在設計公司上班，
專門負責畫插畫。
因為經常得畫
不同風格的插畫，
一年半就受不了而放棄了。

我想多畫一點兒自己喜歡的畫……
東京應該會有很多這種工作吧……

雖然我心裡這麼想，
但實在沒勇氣一個人
上東京，
一直下不了決心。

↓

唉～呦……不找工作還是不行啊～
唉～～—
求才資訊
但我又沒啥專長，只會畫圖而已，要找什麼工作呢……

活到現在從沒遇過什麼
大風浪，這應該是我
第一次碰上人生困境吧……

最後，我暫時先到老家附近的搬家公司打零工。
主要工作內容是把東西裝到箱子裡。
以前的工作都是坐辦公桌，所以覺得勞力工作很新鮮，做起來挺開心的。
這種工作也滿有趣的嘛……
就這樣一直在這兒工作好像也不錯啊～～
可是虧我學畫學了那麼久，
什麼都還沒有嘗試過，就這樣放棄畫畫真的好嗎……
插畫
歡迎收聽
Allnight Nippon!
ART

一邊悶悶地想著這些問題，一邊繼續在搬家公司打工，也見證了許多人的人生新旅程。
因為調職而搬家的一家人。
我們要搬到九州去了。
決定離開住慣的老家，搬去跟兒子媳婦住的老婆婆。
還真捨不得離開這個家哪……
因為升學而離開父母的高中生。
春天開始就是東京的大學生了。
看著許多人展開新旅程……
……
搬家 公司
噗
不知道為什麼，忽然有一種我也辦得到的感覺。

就這樣東想西想了很久，我終於決定一個人上東京了。
那個～我決定春天一個人上東京嘍。
一切拜託啦、
啥!?
東京!?
驚
對於我決定一個人上東京，老爸老媽並沒有特別反對，關於這點我還滿感謝他們的。
不過，他們也沒有特別支持啦……
直子她呀……老是愛說些傻話……
喃喃
咕咕
父
一個人上東京？她腦筋到底在想啥啊……
喃喃自語
妹妹說要一個人上東京，她是認真的嗎？
應該是吧？
姐
我都聽得到耶～
假裝沒聽見
反正，我已經下定決心了!!
本小姐絕對要上東京!!

夢想中的東京生活
tokyo style
最IN
最流行的
都市人穿著
tokyo dream
上東京後立刻
出道成為
自由插畫家
tokyo gourmet
在名廚餐廳裡
大啖美食
嘿嘿嘿！
東京應該
就是這種
感覺吧！
tokyo dance
週末在夜店
勁歌熱舞
歐耶～
tokyo scout
搞不好在
原宿
被星探
挖角哩
喂！小姐
妳想不想
當明星？
tokyo shopping
在時髦的街頭
買時髦的東西
tokyo night
在可以欣賞夜景
的高級酒吧
乾杯

2 我要上東京嘍

～出發篇～

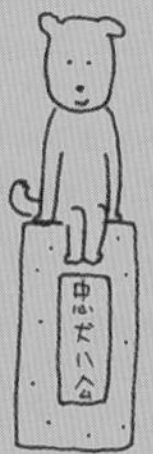

決定一個人上東京後，
日子變得很忙碌。
首先，三月初先上東京一趟，
借住在朋友的公寓裡，
然後開始找房子……
我決定租這間了!!
四月就搬進去!!
○○不動產
搬家前再回老家
繼續打工的生活。
不趕快趁現在存點錢不行……
三月是搬家旺季，所以打工很忙碌。
咻
咻
○○搬家
假借「最後的奢侈享受」
的名義跟朋友去台灣旅行。
讚啦!
士林夜市
在打工的搬家公司也幫客戶
處理不要的二手電器，
我因此拿到許多一個人生活
的必需品。
洗衣機
瓦斯爐
電鍋
都是還很新的二手電器喔♥
連麵碗都有哩

我也開始收拾行李。
就快要跟這個房間說掰掰了啊~~
老家玄關被我的行李塞得滿滿的。
大爆滿
衣服
畫具
食器
書籍
CD
衣服
嘿咻!嘿咻!
這是啥?
呆……
連這種東西都要帶去喔……
衣服
書籍
畫具
書籍
假裝沒聽到
……
因為忙得暈頭轉向,所以幾乎沒什麼機會跟家人好好說話。

然後終於到了上東京的前一天……請打工的搬家公司幫我託運行李。
這也拜託了
呼～～結束了……
這樣明天就要出發去東京啦……
好乖好乖，暫時也要和你分開啦……
汪～
不可以忘記我喔！
但到了出發前夕，我的心情也逐漸被不安佔據。
明天就要上東京啦……
會有什麼樣的生活等著我呢……

然後是跟家人的最後晚餐。
話雖如此，也不是什麼大餐。
咀嚼
咀嚼
咀嚼
咀嚼
那個～我明天11點出發喔……
去什麼東京嘛……
嘆……
到那兒後有什麼打算哪……
噢……那個……反正就先一邊打工，一邊推銷作品嘛～
在這裡就不能畫嗎？
砰……
在東京捅婁子的話可別哭著回來喔！
真想不到直子會自己跑到東京去啊……
還一直以為直子是三個孩子裡最守得住這個家的呢……
以前算命師曾經告訴老媽將來二女（我）會照顧父母退休後的生活……
……
唉，我好像也說了不少大話……

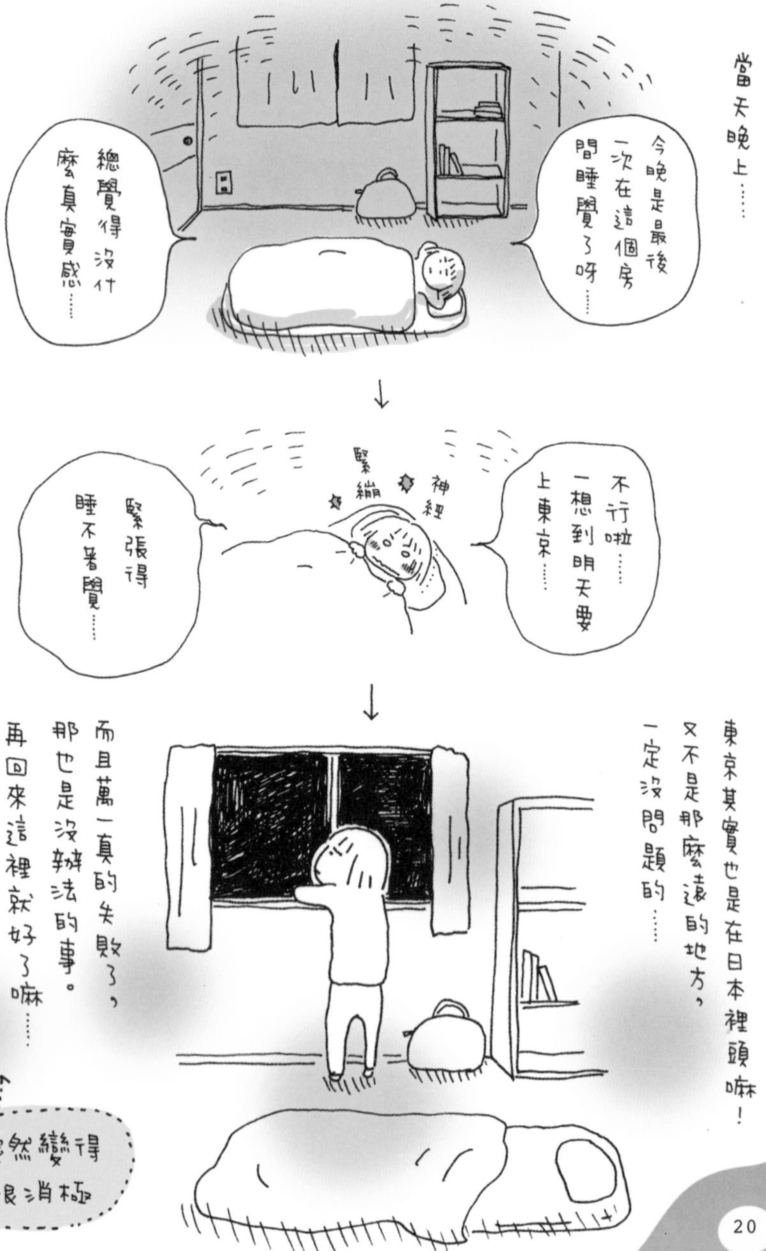

當天晚上……
今晚是最後一次在這個房間睡覺了呀……
總覺得沒什麼真實感……
不行啦……一想到明天要上東京……
神經
緊繃
緊張得睡不著覺……
東京其實也是在日本裡頭嘛！
又不是那麼遠的地方，
一定沒問題的……
而且萬一真的失敗了，
那也是沒辦法的事。
再回來這裡就好了嘛……
突然變得很消極

因為出發當天是正常上班日，所以全家都要出門工作。
匆匆忙忙地互道珍重。
除了我以外大家都開車
噗～
爸
轟～
弟
掰掰！自己保重。
匆匆
注意安全呦。
忙忙
記得打電話回家哪～
嗯……
還沒睡醒
然後我也出門了。
那我要走了喔……
淚眼汪汪
?
轟隆隆……
明明是平常搭慣的公車……
今天總覺得哪裡怪怪的……
七上八下

朋友們到名古屋車站送我上新幹線。
名古屋
不好意思讓你們送行耶～
在東京也要加油喔!!
哪～仙貝給妳!!
到時再去東京找妳玩呦～
其實裡頭是體重計
新幹線上，不安、期待與寂寞的情緒糾纏不清……
轟 隆 隆……
啊……富士山
可是送也讓大家送過了，加上飛快的新幹線離老家越來越遠，我知道自己已經不能回頭了。
下了新幹線後……
東京
とうきょう
東京～～
東京～～
我的東京生活就此展開。

3

好！自我推銷

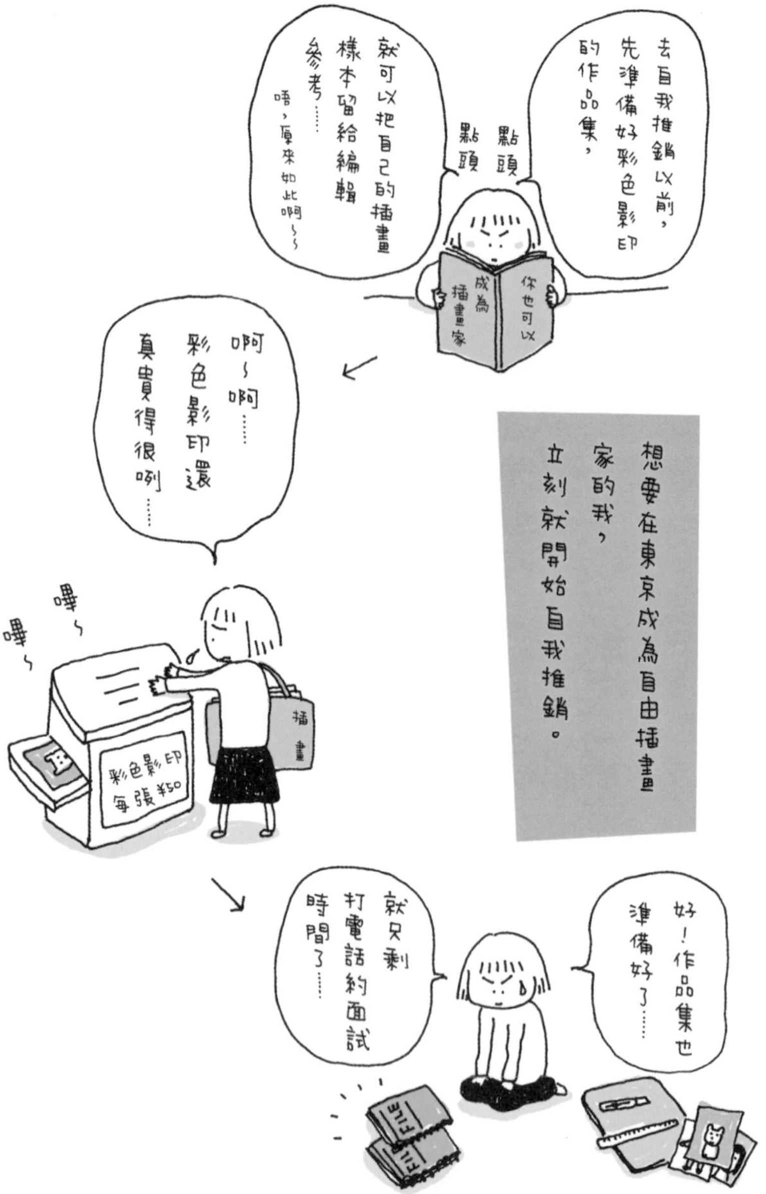
想要在東京成為自由插畫家的我，立刻就開始自我推銷。
去自我推銷以前，先準備好彩色影印的作品集，
點頭 點頭
就可以把自己的插畫樣本留給編輯參考……
唔，原來如此啊~~
你也可以成為插畫家
啊~啊……彩色影印還真貴得很咧……
嗶~ 嗶~
插畫
彩色影印 每張¥50
好！作品集也準備好了……
就只剩打電話約面試時間了……

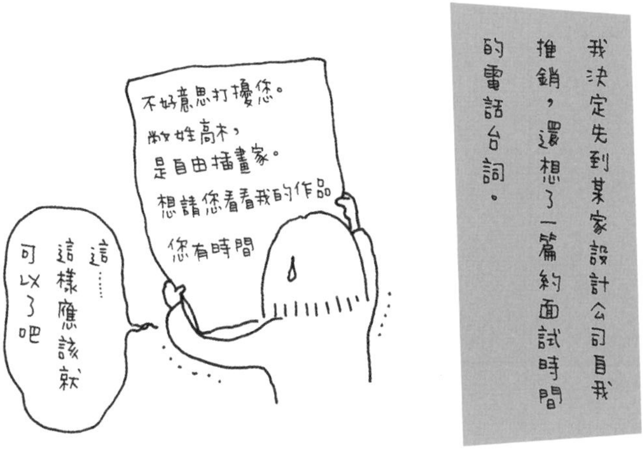
我決定先到某家設計公司自我推銷，還想了一篇約面試時間的電話台詞。
不好意思打擾您。
敝姓高木，
是自由插畫家。
想請您看看我的作品
您有時間
這……這樣應該就可以了吧

啊啊……緊張死了啦
怦
怦
台詞
咔鏘
好可怕呦……

怦 怦
……
唉呦～不行啦!!
咔鏘
人家還沒準備好啦～
我是大傻瓜!!
嗚哇～～
現在就緊張成這樣要怎麼辦嘛～～!!
電……電話根本就沒啥好怕的嘛～～
怦 怦
打個電話又不會死人!

咔鏘
○○設計，您好！
轟~然~
那……那個……
敝姓高木，請問○○先生在嗎？
○○下午三點才會進公司喔……
啥~~台詞裡沒寫到這種狀況……
這……這樣子啊。那……那我下午再撥電話給他。謝謝您~
嗚哇~○○先生是大傻瓜~~為什麼不待在公司嘛!!
人家已經把今天的勇氣都用完了啦~~
……

不斷在電話前面重複
這種鬧劇，
終於約好了見面時間。
下週三
耶～終於約好了～～
萬歲～
我好棒呦!!
只不過約好見面時間，
心情卻像完成一件
了不起的事。
然後到了數日
後的自我推銷，
唉呦～～
真是緊張
死了～～
連肚子都開始
痛起來了……
地圖
因為對東京完全
不熟，
就連找到目的地都
困難重重。
○○設計
有了～～
就是那棟!!
○○設計
唔……好……
要進去嘍……
七上
八下
吸氣

不……不好意思，我是自由插畫家，敝姓高木……
啊～歡迎歡迎！
請這裡坐～～
您好！敝姓高木
請多多指教
名片
嗯～哪裡哪裡
那麼，我就先看看妳的作品吧！
啪……
FILE
七上
八下
是……是的……!!

啪……
啪……
FILE
怦
怦
我大部分都是畫人物~~
啪……
啪……
唔~~
FILE
其他也畫一些小狗……
緊張
緊張
……
那個……
那個……
那個~
FILE
妳為什麼想要當插畫家呢？
不行了~~緊張到不知道該說什麼才好啦~~
要死了~~
咦……？因為我從小就很喜歡畫圖……
這樣的話，
FILE
把畫圖當作興趣不就好了？

可……可是，我覺得當作職業一定更有趣……
自由插畫家是非常辛苦的工作呦……何況妳一個女孩子上東京來，想靠這一行吃飯是一件很不容易的事哪……
啪
您要不要再仔細考慮看看呢？
○○設計
……
咻
自我推銷結束

唉……原本是想去自我推銷……
想不到連想當插畫家的夢想都被訓了一頓……
腿軟~
唉……也是沒辦法的事吧……
剛開始都是如此嘛~~一定是這樣的……
……
嗚咽~
不是才說是沒辦法的事嘛，
號啕大哭
怎麼自己又哭起來了呢？傻瓜！傻瓜！
？
以後再慢慢努力就好了嘛……
抽噎……
往自由插畫家之路依舊遙遠而險峻。

快樂 in 東京

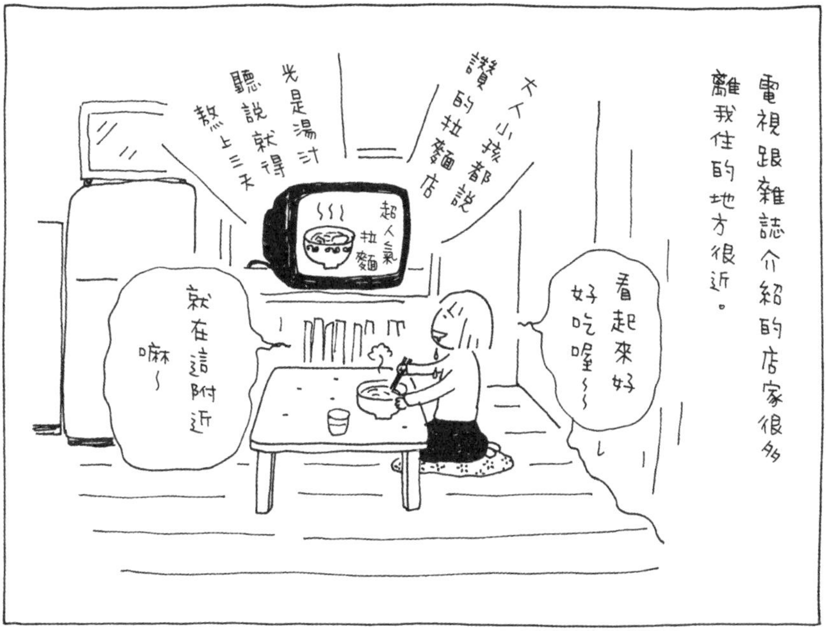

電視跟雜誌介紹的店家很多
離我住的地方很近。
大人小孩都說讚的拉麵店
光是湯汁聽說就得熬上三天
超人氣拉麵
看起來好好吃喔~~
就在這附近嘛~

快樂 in 東京

電視跟廣播都不是地方節目。
A.M. 3:00
哇咧!! 第一次聽到 Allnight Nippon 的後半段節目耶~~
原來真的有啊~
歡迎收聽 Allnight Nippon 後半段的節目!
鏘 鏘 鏘
※我上東京的那個時候，老家後半段是播「高唱車頭燈」這種針對卡車運將的節目。

4 東京地鐵地獄

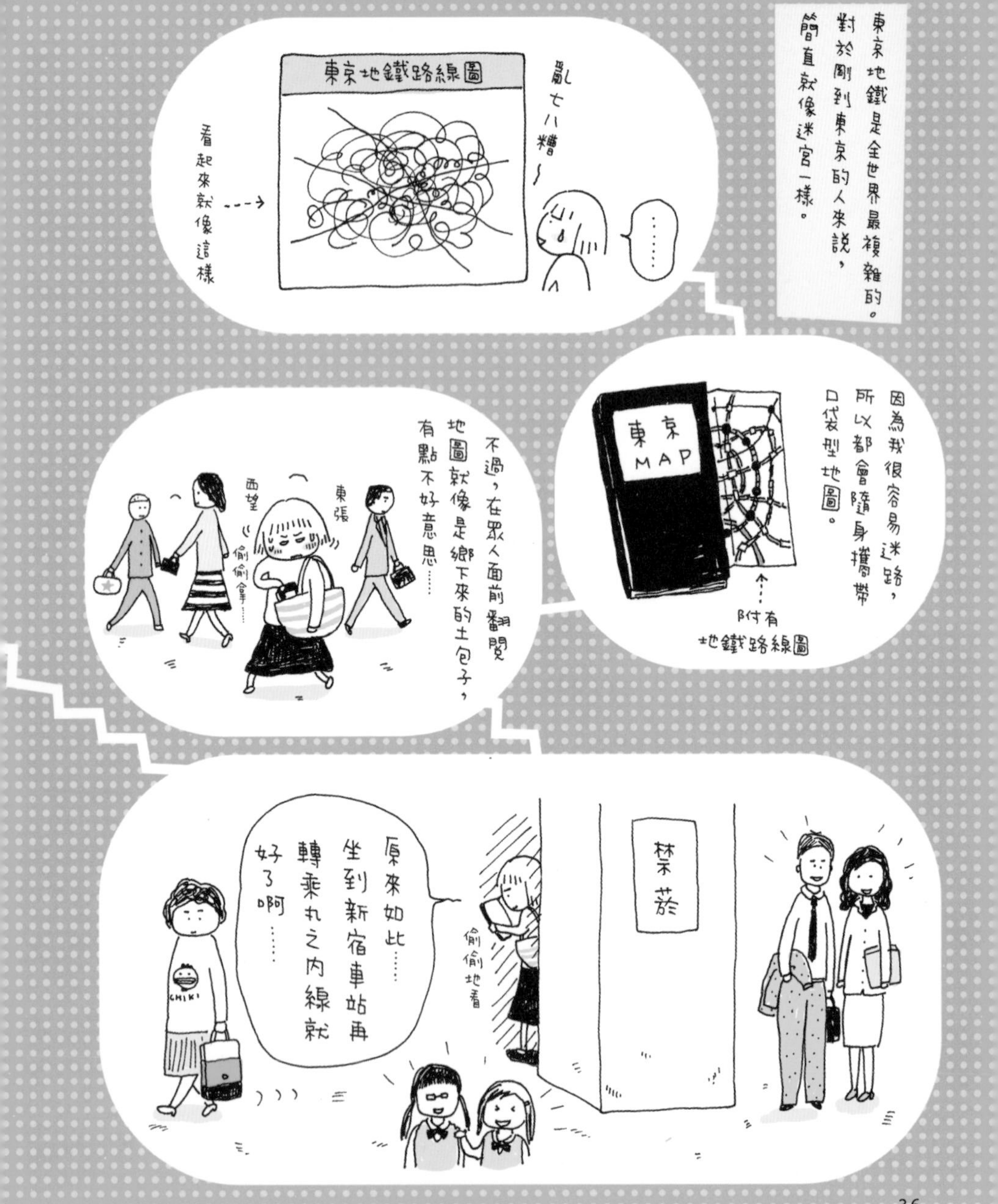
東京地鐵是全世界最複雜的。
對於剛到東京的人來說，
簡直就像迷宮一樣。
東京地鐵路線圖
看起來就像這樣
亂七八糟～
……
因為我很容易迷路，
所以都會隨身攜帶
口袋型地圖。
東京MAP
附有
地鐵路線圖
不過，在眾人面前翻閱
地圖就像是鄉下來的土包子，
有點不好意思……
東張
西望
偷偷拿……
原來如此……
坐到新宿車站再
轉乘丸之內線就
好了啊……
偷偷地看
禁菸
CHIKI

請按下轉乘公司線路
經由新宿 小田急
經由新宿 京王
經由涉谷 東急
經由目黑 東急
經由池袋 東武
接著按丸之內線……
咦……不會吧?是哪一個??
竟然沒有丸之內……
先按下轉乘鍵……
車票
嗯~可以連轉乘的車票也一起買嘛~沒錯!
按這個吧
車票
咦?
咦?
大排長龍~~
怎麼辦……
唉呦~不管了啦!!反正先隨便給它按一個!!
陷入混亂
等等……等出站時再補票好了……

JR 新宿車站
南口
小田急線←
KIOSK
呼~~
總算到了新宿，
不過要去哪裡轉乘
丸之內線咧……
明明以前也有坐
過，可是一點也
記不得了~~
新宿車站地圖
✖現在位置
嗯~~
看不懂
好奇怪喔
轉來
轉去
好奇怪耶
轉來
轉去
轉來
轉去
咦~~
這裡不是每次迷路
時都會經過的地方
嗎!!
又……
又迷路啦!!
便當
L LOTTERIA
歡迎光臨
我稱這裡叫
儂●利大魔域

嗚哇!! 人家明明就有想去那個景象的地方嘛~~
那個景象
終點
丸之內線
鬆餅
陣陣香味
百貨公司入口
電梯向上
有電梯小姐
人山人海
回想~
咖哩飯
陣陣香味
那個~~ 對不起。
我想去馬塞克坡,妳知道怎麼走嗎?
馬塞克……
馬塞克?
嫌犯少年A
對不起,我剛上東京,對路不是很熟……
這樣啊
其實我也是剛上東京,所以老是迷路呢……
和朋友約好在馬塞克坡見面~
那再見嘍
祝妳好運……
妳也是喔……
掰掰 掰掰
飄散著同類的味兒

都是因為地下亂七八糟的，所以才找不到的啦!!
算了！乾脆到地上去找丸之內線好了!!
HOTEL
○○生命
○○火災
○○銀行
山田大樓
眼鏡
車票
新宿車站
人山人海
人海
人山
TOKYO
咦……
車轔
叭~叭~
算了！地面上好像也很難找的樣子……
還是回地下找找看吧……
費盡千辛萬苦之後，終於發現丸之內線!!
丸之内線
找到啦!!

咔嗒
咔嗒
慘啦！電車來了!!
轟隆
轟隆
按下……
160圓區段
咦
呼~~總算可以搭車了……
就差一步啦!!
等等~~
砰
咔嗒
咔嗒
不甘心~
氣死人了~~如果再快個五秒就搭上啦!!
……
就算沒趕上這班，東京電車的班次也很多。只是我很難擺脫老家那種沒搭上就得再等20分鐘的痛苦記憶……

快樂 in 東京

有很多公共設施
東京車站美術館
國立西洋美術館
東京都美術館
上野森林美術館
東京國立近代美術館
東京 opera city
Bunkamura
東京都現代美術館
東京都庭園美術館
原美術館
watari美術館
光是美術館就有那麼多
真讓人不知道該去哪裡好哩~~

5 老爸上東京

上東京一個月左右時，接到了老爸的電話。
怎麼樣~在東京有沒有好好吃飯？
嗯，過得還不錯啦！
爸爸跟公司請了幾天假，想說下星期到妳那兒去~~
啥？下星期!?
老爸突然說要過來，我有點不知所措。
因為……
完了……如果看到這麼小、啥都沒有的房間
空・曠・一・片
老爸可能會昏倒吧……
我當時這麼想。

沒辦法，只有慌慌張張地去大採購

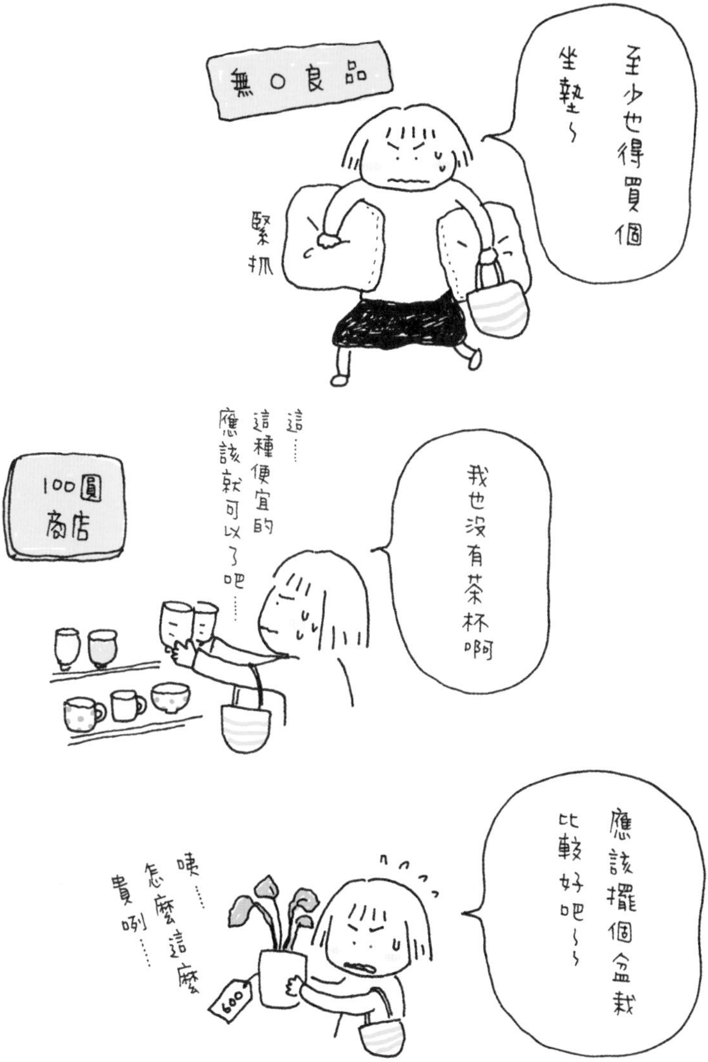

不知不覺就到了老爸上東京的日子。
剪票口
穿得比平常體面一點。
（約好在車站見面）
香菸
便利商店
嗯～雖然是東京，但這兒還挺安靜的嘛
東張西望
就……就是說啊
我住的地方是這邊
先……先跟你說，我住的公寓很小喔
轉頭
而且也有點舊舊的……
多多包涵嘍
嗯～

那……那棟就是了

你看……很小吧？
不過東京的公寓大概都是這樣……
……

嗯～房間很安靜，還算不錯嘛
嘿咻
就是說嘛。嗯～看個電視好了
這台電視是我在新宿電器行買的呦～

搞什麼!? 這電視的畫面好像不太清楚?
咦……會嗎?
天線好像接得怪怪的
……
妳看這樣如何?
要插得深一點才行
啊~~
真的耶!! 比剛才清楚好多呦~~~
好厲害~~

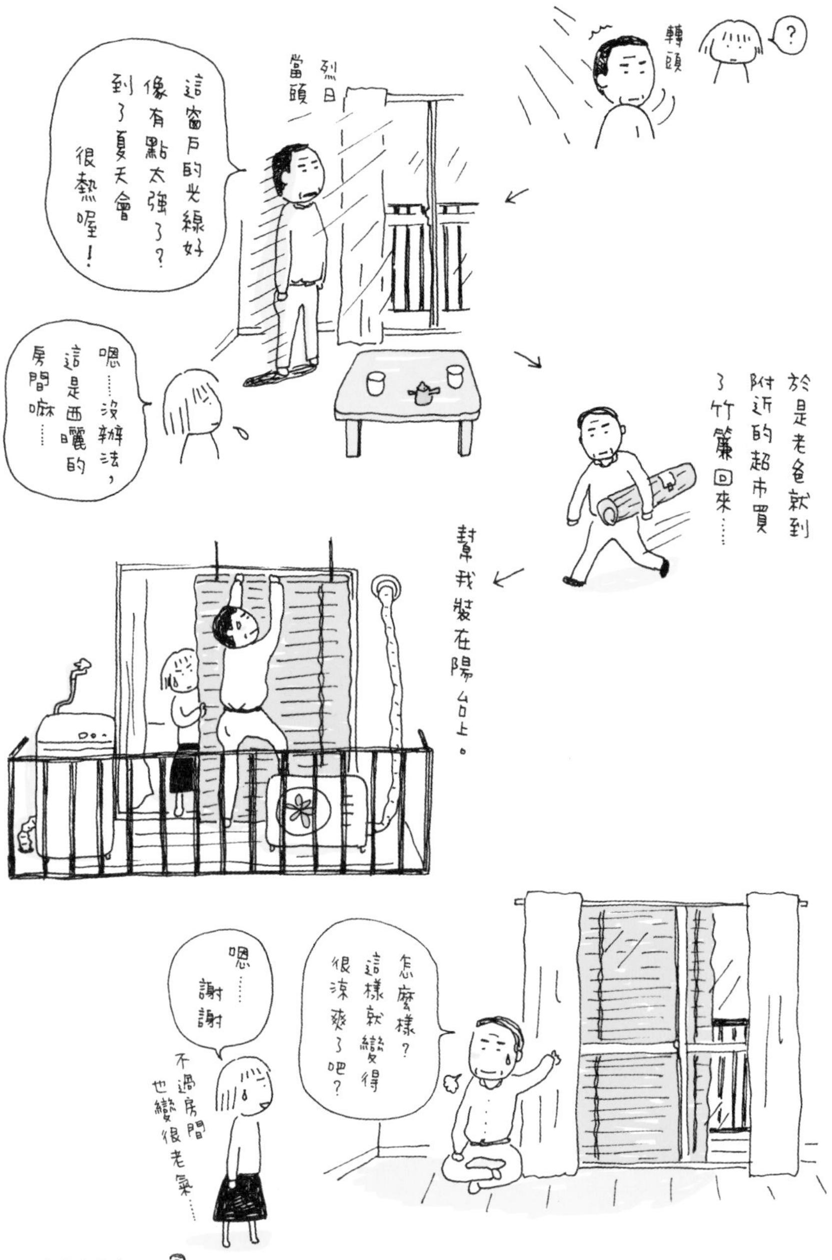

轉頭
?
烈日當頭
這窗戶的光線好像有點太強了？到了夏天會很熱喔！
嗯……沒辦法，這是西曬的房間嘛……
於是老爸就到附近的超市買了竹簾回來……
幫我裝在陽台上。
怎麼樣？這樣就變得很涼爽了吧？
嗯……謝謝
不過房間也變很老氣……

接下來的幾天，我們兩人一起在東京觀光……
金龍山
雷門
咔嚓
一起吃飯……
吸吸！
東京的涼麵還挺好吃的嘛
買東西……
就買這個吧！
砰
米 10kg
啥~~要抱回去喔？這很重耶~~
仔細一想，這是我第一次跟老爸享受這種兩人世界……
總覺得有種異樣的感覺……
米 10kg
呼~
睡在流理台旁邊的老爸

然後到了老爸回家的日子。
那爸爸就回去了……
妳自己保重啊
嗯……路上小心喔
雞蛋糕
土產
啊~對了……
窸窸窣窣
?
唰
零用錢
唉呦~~這……不用了啦……
沒關係啦
點頭
妳拿去！拿去！

然後老爸就回去了。

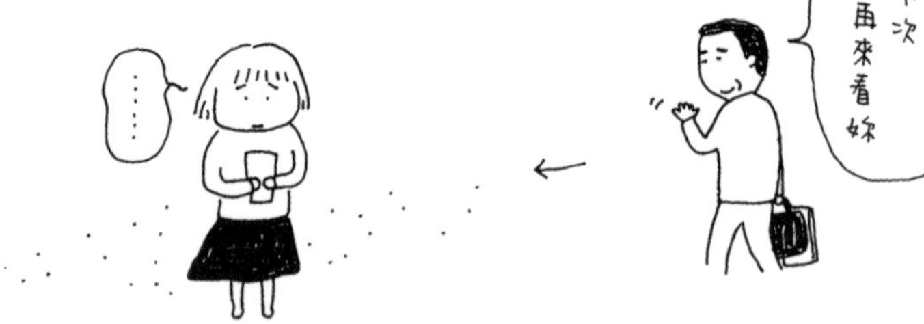

長大以後向父母拿零用錢，

摻雜著感恩與抱歉的複雜情緒……

老爸也回去了。從今天起又是一個人的生活了。

6 黃昏的壽司工廠

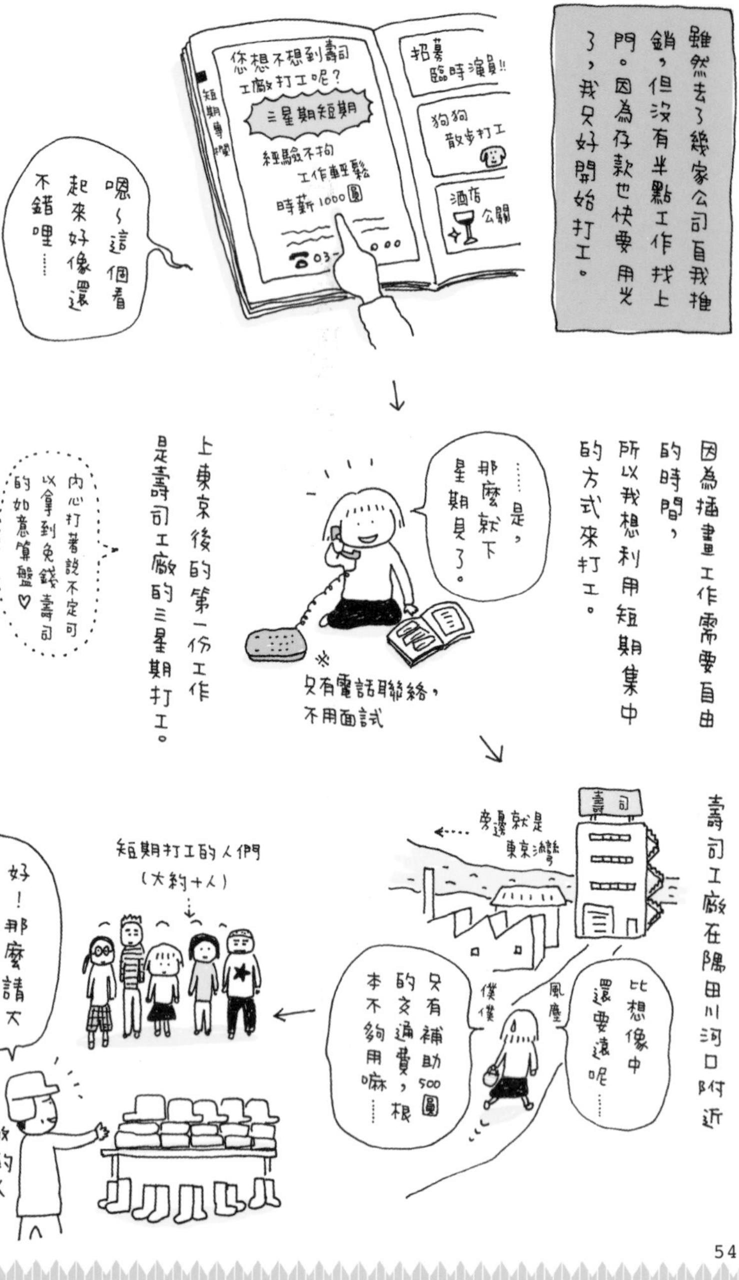
雖然去了幾家公司自我推銷，但沒有半點工作找上門。因為存款也快要用光了，我只好開始打工。
招募臨時演員!!
狗狗散步打工
酒店公關
短期專欄
您想不想到壽司工廠打工呢？
三星期短期
經驗不拘
工作輕鬆
時薪1000圓
☎03-　000
嗯～這個看起來好像還不錯哩……
因為插畫工作需要自由的時間，所以我想利用短期集中的方式來打工。
……是，那麼就下星期見了。
※只有電話聯絡，不用面試
上東京後的第一份工作是壽司工廠的三星期打工。
內心打著說不定可以拿到免錢壽司的如意算盤♡
壽司工廠在隅田川河口附近
壽司
旁邊就是東京灣
比想像中還要遠呢……
風塵
僕僕
只有補助500圓的交通費，根本不夠用嘛……
短期打工的人們
（大約十人）
好！那麼請大家換上這邊的作業服
工廠的人

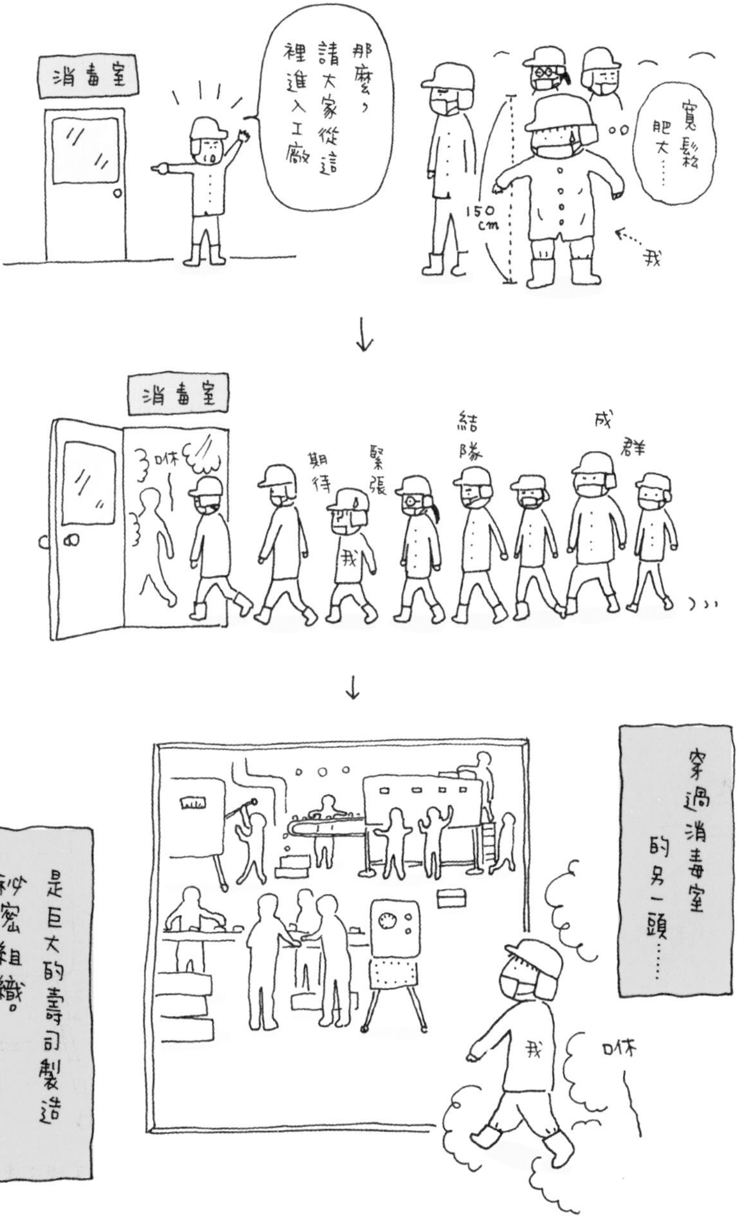

消毒室
那麼，請大家從這裡進入工廠
寬鬆肥大……
150 cm
我
消毒室
咻
期待
緊張
結隊
成群
我
穿過消毒室的另一頭……
我
咻
是巨大的壽司製造祕密組織。

的工作

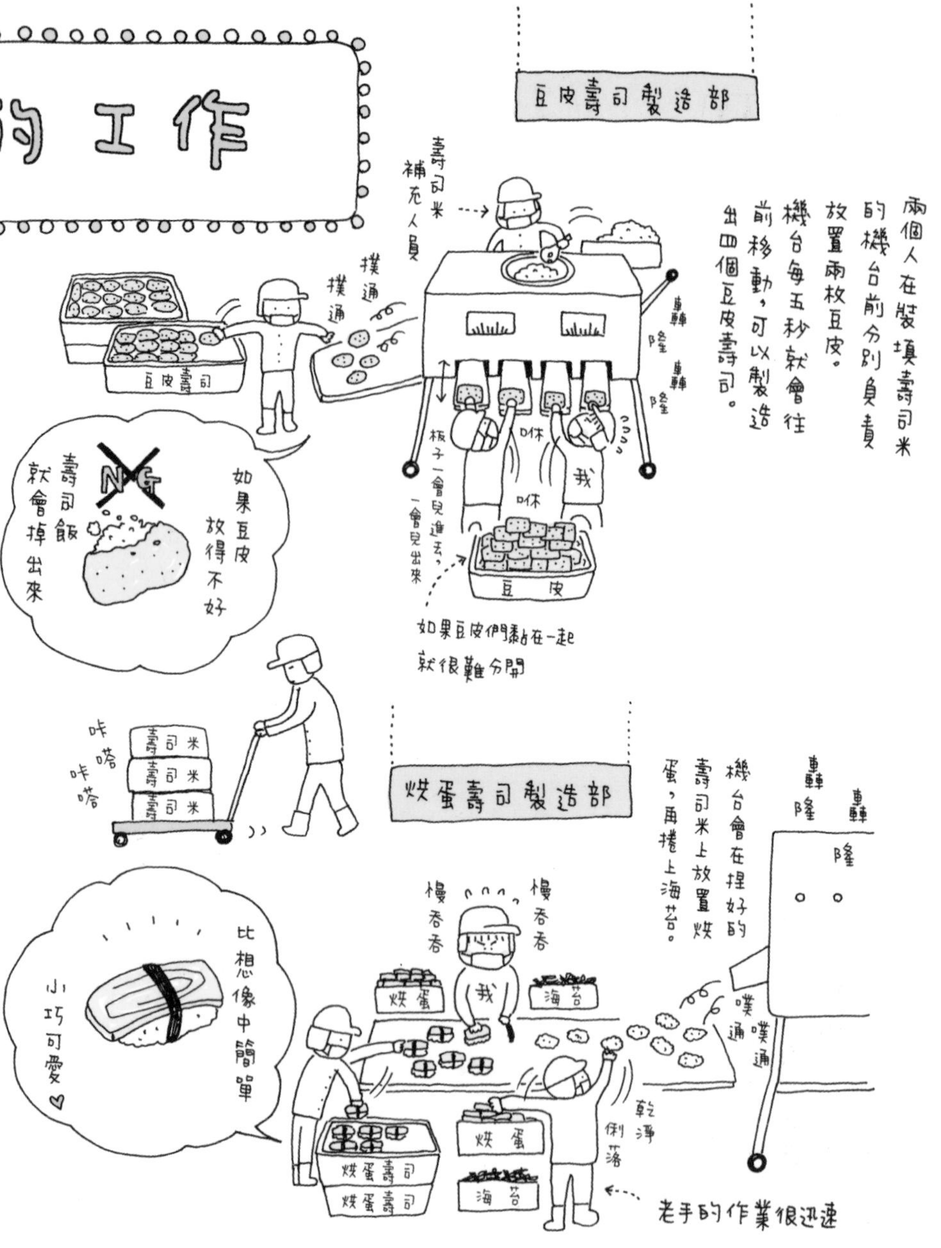
豆皮壽司製造部
兩個人在裝填壽司米的機台前分別負責放置兩枚豆皮。機台每五秒就會往前移動，可以製造出四個豆皮壽司。
壽司米補充人員
撲通 撲通
豆皮壽司
轟隆 轟隆
板子一會兒進去，一會兒出來
咻 咻
我
豆皮
如果豆皮們黏在一起就很難分開
如果豆皮放得不好
NG
壽司飯就會掉出來
咔嗒 咔嗒
壽司米
壽司米
壽司米
烘蛋壽司製造部
機台會在捏好的壽司米上放置烘蛋，再捲上海苔。
轟隆 轟隆 隆
慢吞吞 慢吞吞
烘蛋
我
海苔
噗通 噗通
比想像中簡單
小巧可愛
乾淨俐落
烘蛋
烘蛋壽司
烘蛋壽司
海苔
老手的作業很迅速

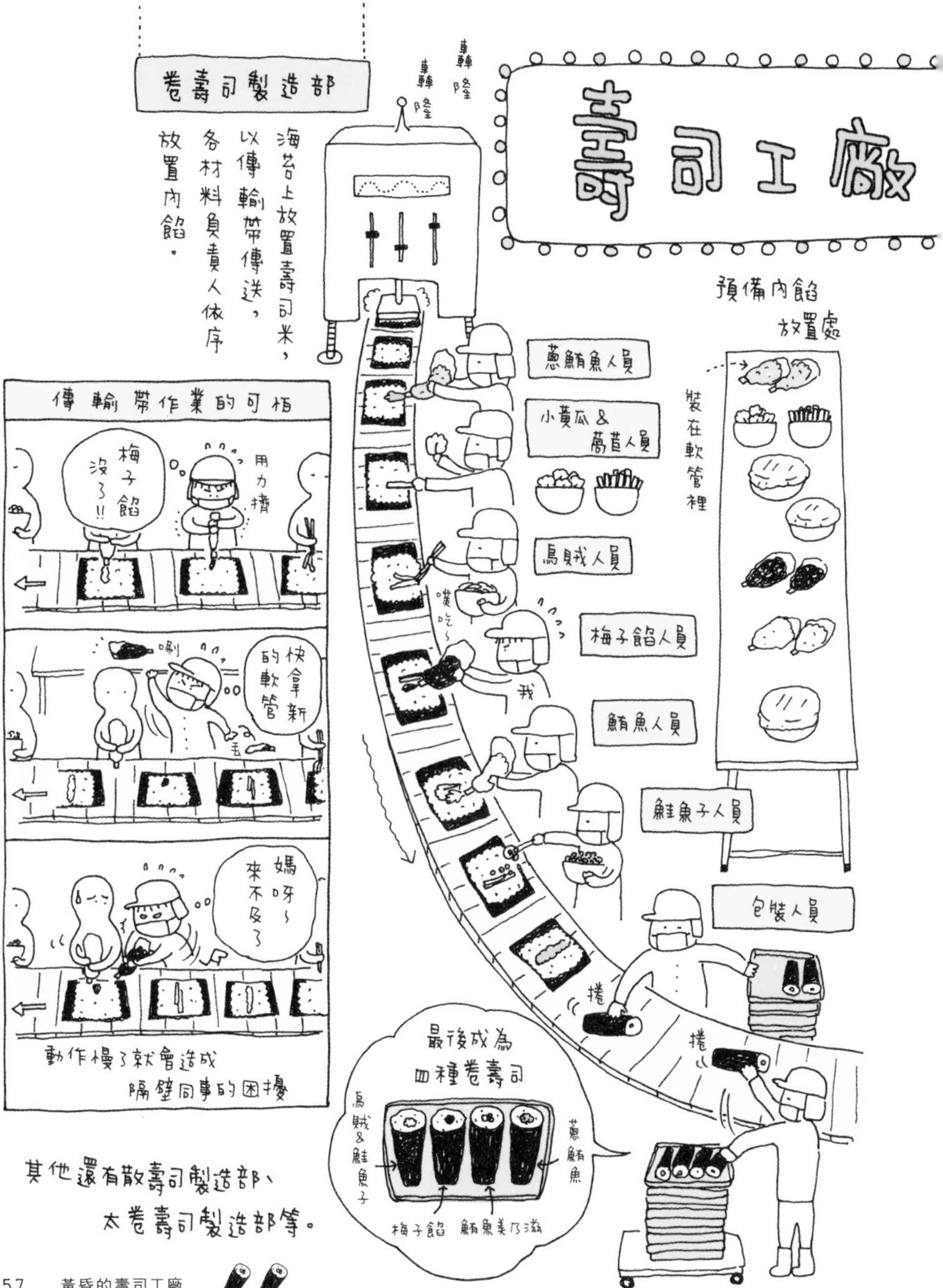

壽司工廠
卷壽司製造部
海苔上放置壽司米，以傳輸帶傳送，各材料負責人依序放置內餡。
轟隆
轟隆
預備內餡放置處
裝在軟管裡
蔥鮪魚人員
小黃瓜&萵苣人員
烏賊人員
噗吃~
梅子餡人員
我
鮪魚人員
鮭魚子人員
包裝人員
捲
捲
傳輸帶作業的可怕
梅子餡沒了!!
用力擠
唰
快拿新的軟管
丟
媽呀~來不及了
動作慢了就會造成隔壁同事的困擾
最後成為四種卷壽司
烏賊&鮭魚子
蔥鮪魚
梅子餡
鮪魚美乃滋
其他還有散壽司製造部、太卷壽司製造部等。

那麼，請大家休息15分鐘！
頭昏眼花
搖搖擺擺
我
啊……累死人了……
咔嚓
虛脫
好想呼吸室外空氣……
呼～
茫然
夕陽真美呀……
三重縣應該是在那個方向吧……
啊～～好累啊～好累啊～～
砰
驚

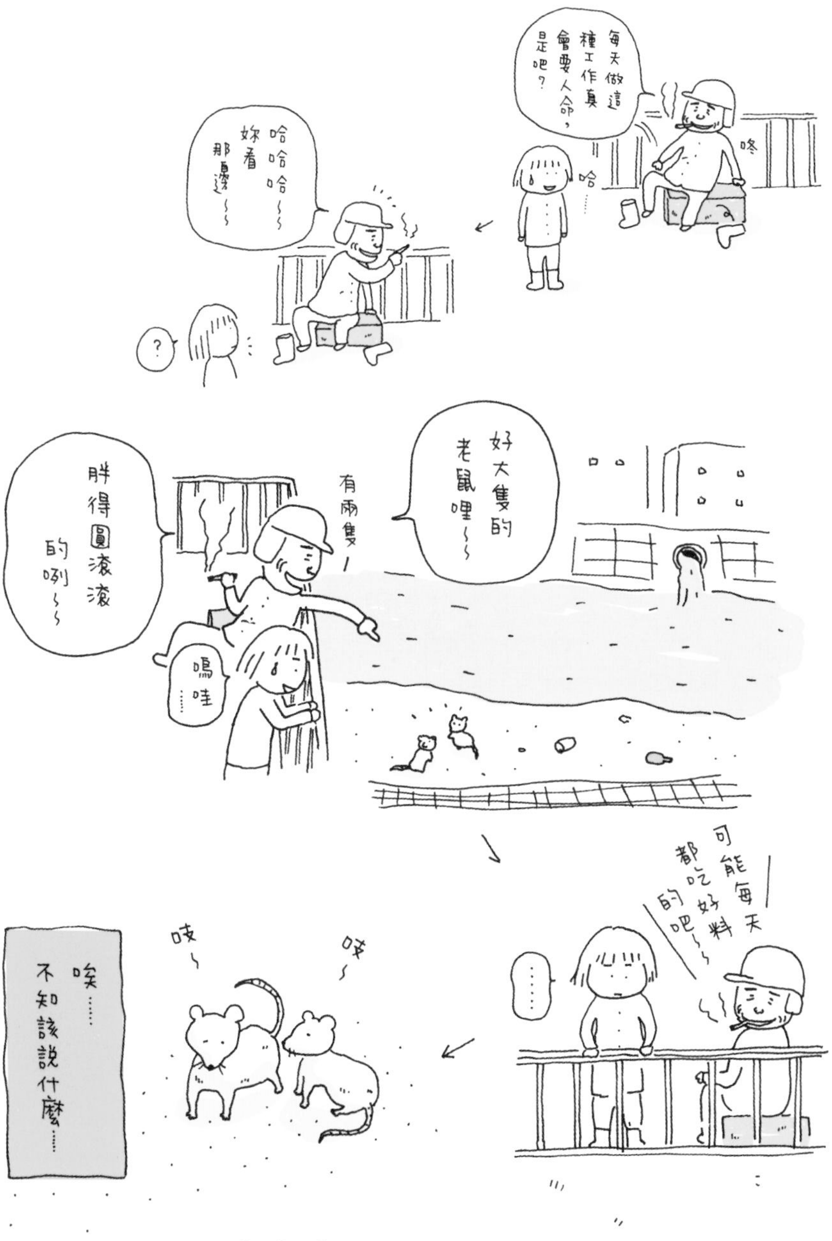
每天做這種工作真會要人命，是吧？
咚
哈……
哈哈哈～～妳看那邊～～
?
好大隻的老鼠哩～～
有兩隻！
胖得圓滾滾的咧～～
嗚哇……
可能每天都吃好料的吧～～
……
吱～
吱～
唉……不知該說什麼……

拚著一口氣一個人上東京，這樣真的好嗎……
雖然跟大家說我想當插畫家，
如果老爸老媽知道我現在在做壽司，
一定會大吃一驚的吧……

我究竟是到東京來幹什麼的呢？
以後會變得怎樣呢？
怎麼辦？突然感到非常不安……

啊啊……
佇立在隅田川畔
的我呀……
啜泣……
?
今後會流向
何方咧——

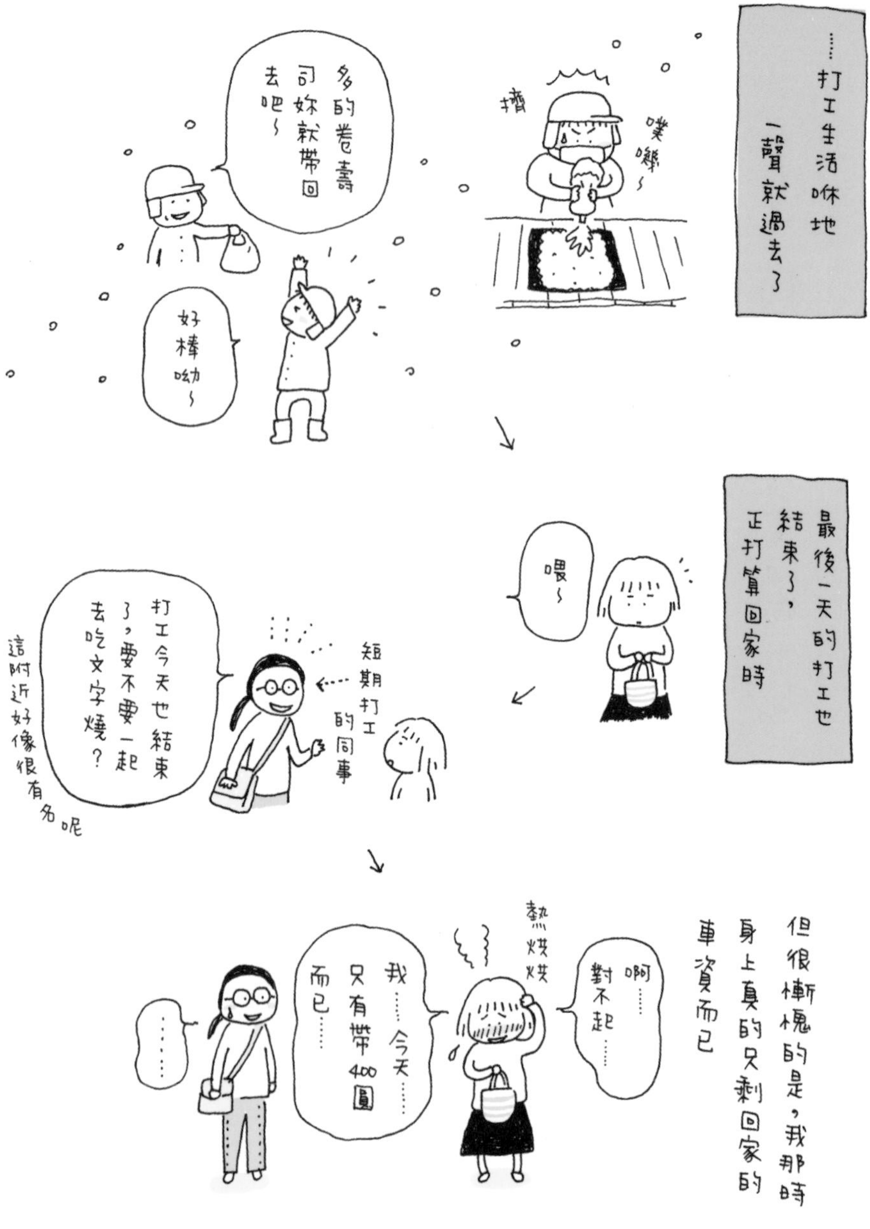
……打工生活咻地一聲就過去了
擠
噗嘰~
多的卷壽司妳就帶回去吧~
好棒呦~
最後一天的打工也結束了，正打算回家時
喂~
短期打工的同事
打工今天也結束了，要不要一起去吃文字燒？
這附近好像很有名呢
但很慚愧的是，我那時身上真的只剩回家的車資而已
熱烘烘
啊……對不起……
我……今天……只有帶400圓而已……
……

結果，那個女生就說「那我請妳吃好了。」
菜單
特製文字燒
蔥
咖哩文字燒
泡菜文字燒
模範生點心麵文字燒
豬肉文字燒
起司文字燒
納豆文字燒
對不起了……
總覺得很不好意思
菜單
沒關係！沒關係！妳愛吃什麼就點吧
仔細想起來，這好像是我上東京以來第一次跟朋友一起吃飯呢……
妳也點個飲料喝嘛～
啤酒可以嗎？
我喝水就好了
拚命地客氣
不知為何有種小鹿亂撞的感覺。
她跟我說打工結束後要去旅行一陣子，我們之後就失聯了……
銀座線
掰掰嘍～
謝謝妳請我吃飯。
丸之內線
但是，她的體貼讓我很感動。

依然不習慣
東京的生活……
轟隆……
咔嗒……
轟隆……
咔嗒……
也不知道未來
會變怎樣……

反正船到橋頭
自然直嘛……
轟隆……
咔嗒……
像是~
水溝老鼠一樣~
我忽然也有
這種感覺。

快樂 in 東京

快樂 in 東京

競爭店家多，所以商品也很便宜。
服飾店
50% OFF
SALE
電器行
電腦大特價!!
大特價呦~
大特價呦~
比任何一家都便宜!!
降價再降價
美術用品店
全部七折大特價
好便宜呦~~♡

7 傷心的聯誼

～前篇～

某一天，打工的朋友約我去喝酒。
這個星期五我們要去喝酒，妳要不要來？
打工同事
當時我在某間銀行進行書寫信封的一個月打工。
也就是所謂的聯誼。
嗯～該怎麼辦才好呢～
雖然這麼說，但還是參加了。
地點是在澀谷的居酒屋。
八公
參加聯誼的男女約10人，都是上班族或飛特族的社會人。
那麼大家就點自己想吃的東西吧～
而且除了我以外，幾乎都是東京出身的人。
上東京以來，幾乎都沒有和朋友喝酒的機會。
所以光是可以來居酒屋就很開心了。

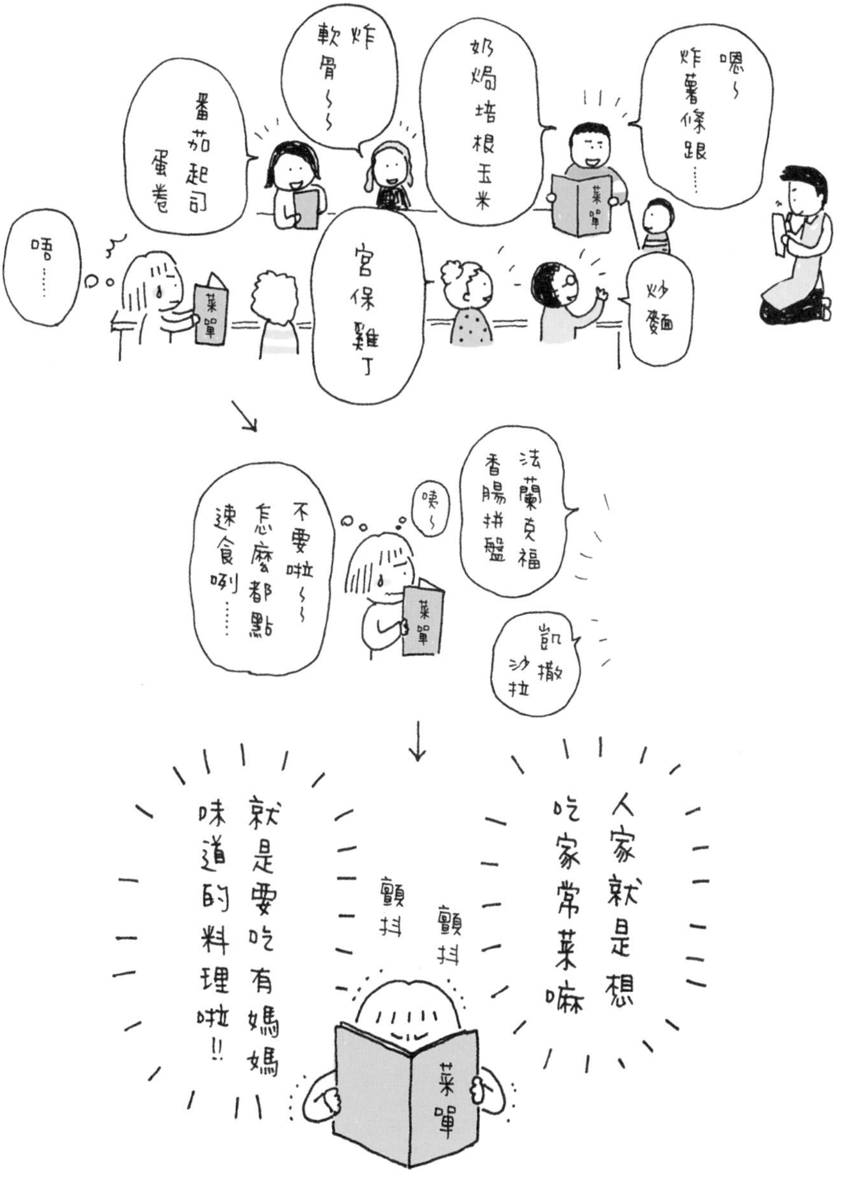
番茄起司蛋卷
炸軟骨～～
奶焗培根玉米
嗯～炸薯條跟……
菜單
唔……
菜單
宮保雞丁
炒麵
不要啦～～怎麼都點速食咧……
咦～
菜單
法蘭克福香腸拼盤
凱撒沙拉
人家就是想吃家常菜嘛
就是要吃有媽媽味道的料理啦!!
顫抖
顫抖
菜單

披薩再來一份綜合
就先這樣
啊……我的鰤魚蘿蔔、筑前煮、涼拌鮪魚跟柚醋拌鮟鱇魚肝啊~~
菜單
軟弱的我在陌生人面前就說不出真心話
乾杯~~
喂~你們女生都是打工認識的嗎?
對啊~
讚啦~
好久沒喝啤酒了!!
呼~

今天也有上班嘍？
嗯
對ㄚ~
不過也有在別的地方打工或是上夜校，每個人的社交圈都不大一樣喔~
ㄟ~~
是這樣啊~
……
東京男生的說話方式好像女孩子喔……
還會用「ㄟ」或「ㄚ」這些的
大家都來自不同的地方ㄚ~
咕嚕
像隔壁的高木小姐平常好像是插畫家呦~
ㄟ~
噗

還會畫插畫啊，很厲害嘛～
真好耶～
沒有啦……那個……一點也不厲害啦……
就算被稱讚「很厲害」，也不會有工作上門，心情實在複雜……
啊～妳口音好重呦！是哪裡人？
我有口音？
那個……三重縣人
三重……是在哪裡？四國附近嗎？
四……四國？
噗～
不是在東北嗎？
不對啦！我有去過那裡喔
是在琵琶湖那兒嗎？
那是滋賀縣……

簡單三重縣講座
不對喔！三重縣是在日本中間有點凸起來的地方
伊勢神宮、鈴鹿賽車跟松阪牛都很有名呦
我的三重三大驕傲
啊～松阪牛啊～
那妳現在是一個人住嘍？
嗯
真好耶～～一個人住!!好羨慕呦～～
我也想一個人住!!
我最近也開始想要搬出去一個人住耶。
我也是～
可以找朋友來家裡玩，真好呢～～
好像很快樂呢～
……

一個人住很快樂嗎……
光是維持每天生活就累得要死，好像沒啥機會享受快樂啊……
一個人果然還是很寂寞哩……
咕嚕 咕嚕
又沒有錢……
啊……對不起，再來一杯生啤酒
不過啊，你們不覺得還是住在東京最好嗎？
我前陣子到鄉下出差，那兒什麼都沒有，真是無聊得要死耶～～
對啊～ 對啊 對啊
真的不想住在鄉下呢
讓您久等了～
砰
哼

果然還是東京有趣啊~玩的地方又多!!
氣死人了~~竟然瞧不起咱們鄉下
又沒在鄉下住過!!
咕嚕 咕嚕
而且我是到了東京以後才過著樸實的生活咧~
真是的!!
啊~總覺得很不爽!!
今天一定要大喝特喝!!
對不起~
我要點菜
菜單
滷魷魚、酒蒸蛤仔跟涼拌小黃瓜
再來一杯生啤酒
菜單
真……真老氣……
……
結果,聯誼最後就變成純喝酒大會了……

快樂in東京

跟老家相比，東京的未婚率比較高。
老家的情況
生第二胎了喔～
房子也買啦！
哇哇哇…
東京的情況
我最近想要換工作耶～～
我也是
我想要把工作辭掉，去旅行一陣子
總算安心了～～

8

傷心的聯誼

~後篇~

聯誼最後也順利結束了。
再見~
掰掰~
路上小心喔
……跟男生的♡率……0%……
呼~~
嗝
好像有點喝多了~
我當時住的地方從澀谷搭電車約20分鐘。
我家
八公
澀谷
多摩川
可是星期五晚上的電車非常擠，我漸漸開始醉了……
嗯……有點想吐……
轟隆
咔嗒
擠~
只好坐一段距離就下車休息。
列車離站~
嗶嗶嗶……
嗯……
呼~~休息10分鐘……

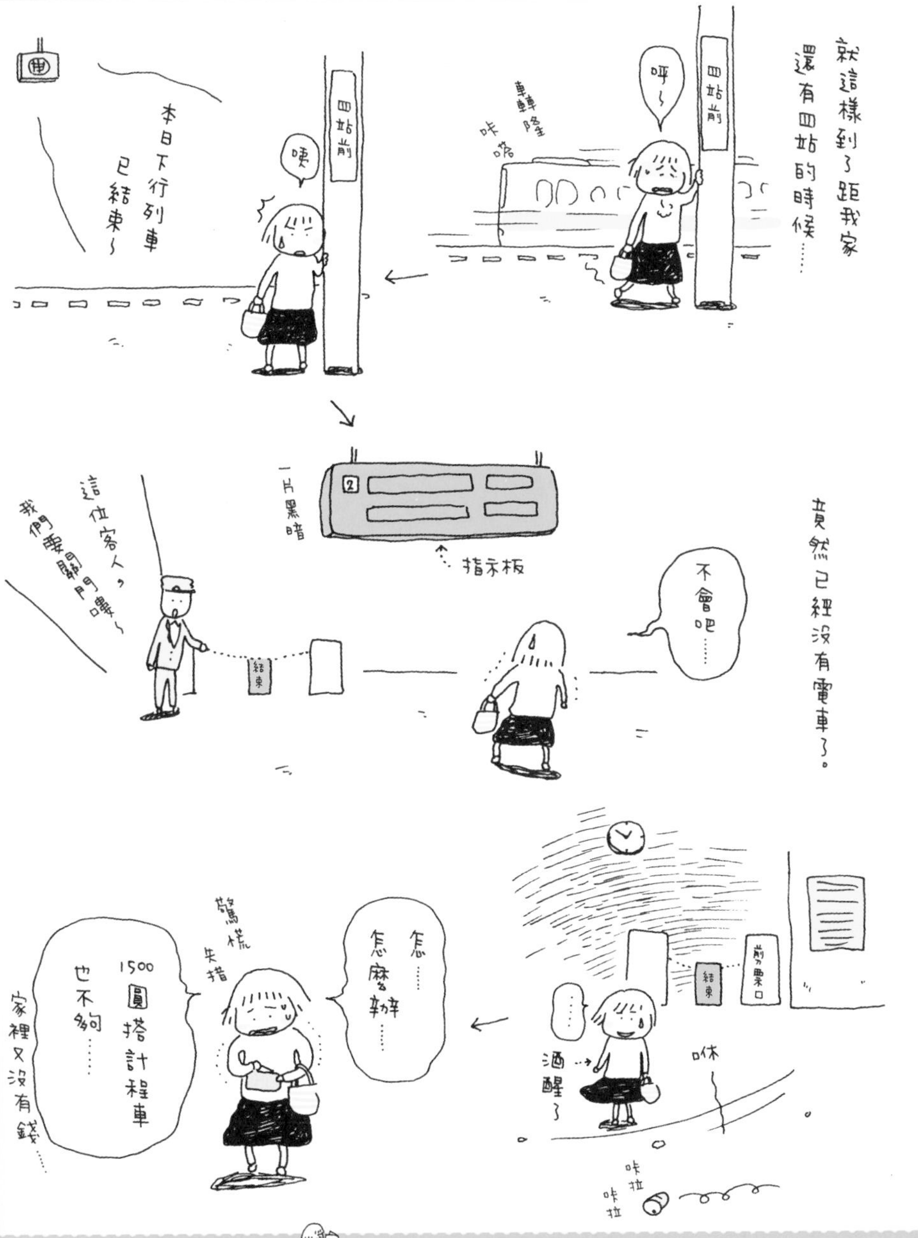
就這樣到了距我家還有四站的時候……
轟隆
咔嗒
呼～
四站前
嗯
四站前
本日下行列車已結束～
竟然已經沒有電車了。
不會吧……
一片黑暗
指示板
這位客人，我們要關門囉～
結束
剪票口
結束
……
酒醒了
咻
咔拉
咔拉
怎……怎麼辦……
驚慌失措
1500圓搭計程車也不夠……
家裡又沒有錢……

啊啊……
以前如果這樣的話……
想~
啊~老媽？
我是直~子！
我喝醉了啦~
已經沒有公車了，
快點來接~我嘛♡
嘰嘰喳喳
妳這個酒鬼女兒!!
嗚嗚……
好！只有四站，走一下就到了嘛!!
跟流浪畫家山下清一樣沿著鐵路走，一定可以回家的!!
可是沒走兩下子，鐵路旁邊就沒有路了……
咦……沒辦法！只好走右邊……
一下子就迷路了。
鐵路跑到哪裡去了呢……
方向也弄不清了……
嗚
咽

嗚嗚……
啜泣
吸吸
人家根本不知道路……
這裡是哪裡……？
嗚
嗚
對！這裡就是
東・京・沙・漠……
嘩
那裡看起來好像有鐵路……
哇～是鐵路啦!!
這裡也有車站!!
嗚嘩～終於得救啦!!
原來的車站
可是，又回到一開始的車站了

AM 2:00
兜了一個小時的圈子，我究竟在搞什麼……
啜泣
抬頭一看，前方有一輛計程車……
taxi
那個……請問到○○車站大約要多少錢？
○○車站？我想想看……
taxi
大約1500圓吧……!!
!!
結果，用光身上所有的錢，搭計程車回家了。
早知道一開始就這樣了……

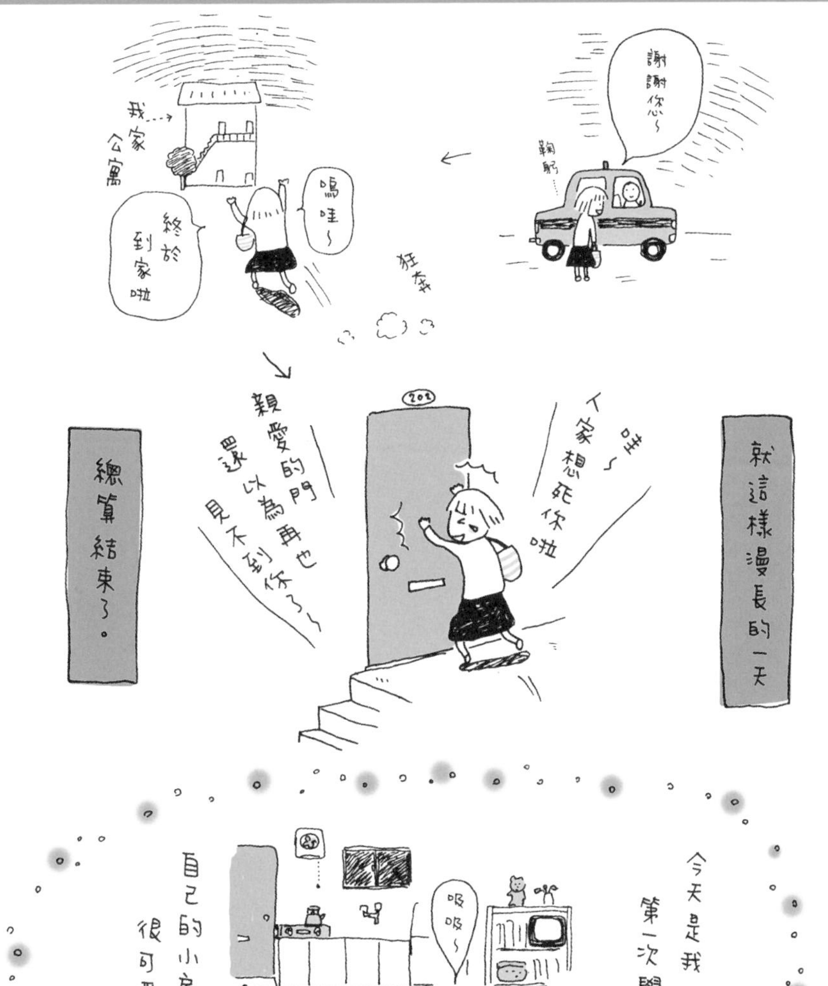
謝謝您～
鞠躬
我家公寓
嗚哇～
終於到家啦
狂奔
就這樣漫長的一天
哇～人家想死你啦
親愛的門還以為再也見不到你了～
總算結束了。
今天是我第一次覺得
吸吸～
自己的小房間很可愛……

快樂 in 東京

有許多不同職業的人，很有趣。
廣告文案的
學徒
搞地下樂團的
也有出CD哦。
自做自銷
生活雜貨
我是
演~員
劇団
空間設計師
雖然超過30歲
還是學生呦~
我是雜誌編輯~
在下是
小小插畫家

9 閃亮的都市人

剛上東京的那一陣子，就算只是走在東京街頭也有種心花怒放的感覺。
啊啊……我正走在澀谷哪……
想不到我也有一天能走在流行最尖端的街頭呢～
沙隆巴斯
HMV
新發售
SEIBU
0101
an
中央街
忠犬八公
搞不好我也
嘻嘻嘻……
很炫？
嘩……
咚
哈哈哈
喔喔……那就是正宗澀谷
經常在電視新聞看到……
最IN的女子高中生!!
真的～？
很危險哩～

卡拉OK
PARCO
LOFT
中央街
GAME
松屋
Murasaki
體育用品
大頭貼
cafe
SHOP
放學回家路上竟會經過這種地方，真厲害啊……
不論是血拼、吃飯或玩樂的地方都很多，真是人間天堂哩……
跟我的高中時代真是天壤之別呀……
呆……
在田間小徑狂飆腳踏車
哇咧~
快遲到啦~~
青春歲月……
呱
呱
我也漸漸開始羨慕起東京出身的人了。
原本就生長在東京的人真好耶~因為一直住在這裡，不但有很多朋友，又很時髦……
而且就算沒有付昂貴的房租，一個人住也可以很普通地住在東京呢……

我雖然住在東京，可是工作不順、生活也很苦……
不斷反覆想著一個人上東京的決定究竟是對是錯……
又讓老爸老媽操心……
唉～
事情弄成這樣，住在東京對我又有啥意義呢？
SHOP
午餐要吃什麼？
呵呵呵
……

嗚哇～～明明應該是光鮮亮麗的都會生活
崩潰
為什麼會變成灰頭土臉的啦!!
但話說回來，前陣子才有人說……
回～憶
打工同事
東京出身
高木小姐是三重縣人嘛？
是為了當插畫家才來東京嘍？
咦…嗯，差不多是這樣
好厲害呦～我一直跟家人住，所以很羨慕從鄉下隻身上東京的人喔
而且有夢想真好耶～好羨慕呦
是……是這樣嗎

……
對嘛！人家也是因為有夢想才一個人上東京來的說!!
喔～～
就算現在沒有光鮮亮麗的生活也沒關係!!

↓

Boutique
gallery
現在只是人生的試煉期而已!!
只要好好努力，慢慢習慣生活
自然就上手了嘛～
追趕、超越都會人!!
jewelry shop
咦？
閃閃
發亮

LAFORET
SALE
KIDDY LAND
Cafe
不……不會吧？
這些小朋友……
……
這麼時髦的
表參道竟然
是上學路!?
我媽媽她呀～
真……
真幸福耶……
那麼小就可以走
在這種地方……
所以才能
培養出時髦
的大人哪……
22歲才第一次踏上
表參道的人
在此題一首詩
都會人
連小學生
都閃閃發亮啊……
呵～

快樂in東京

10

街頭推銷騙局

剛上東京時對東京的路不太熟悉。在街上到處亂轉的時候……
咦～
經常會被各種人搭訕。
喂～喂～妳是學生？
咦……我不是啦。
那妳喜歡看電影嗎？我們現在剛好有舉辦活動，可以免費看電影……
嘰哩
呱啦
拍……拍謝，我在趕時間。
有什麼關係，聽我說一下嘛～～
哇咧～～還跟過來～
我在叫妳耶～
抓住
不會吧!!

等一下嘛～
哇哇哇……
火速狂奔
好可怕呦……
呼呼～
厚厚～
他想幹啥啊？搭訕……？
有點自豪？
還有一次……
哈囉！小姐……
嗯～妳的皮膚真不錯耶
妳的名字該不會是～小・百・合？
我叫直子耶……
呦～真的？因為妳的皮膚實在太白太漂亮了
呵呵呵……
還以為妳是小百合呢！
哈哈……

對不起了ㄟ
忍不住把妳叫住了
我是化妝品的業務員
妳要不要用用看我們公司的基礎化妝品呢？
我們的化妝品很適合年輕女生的肌膚，很受歡迎的呦～～而且也不會很貴
嘰嘰
呱呱
嘰嘰
難得妳的皮膚那麼好，一定要好好保養才行呦!!
對……對不起，我在趕時間……
喔～是嗎？那方不方便告許我妳家住址？
下次我再到妳家跟妳好好介紹。拜託啦!!
啥……
注視～～
……
因為太害怕了，所以就隨便寫了個假住址。

因為這種從路旁突然靠近的人都很可疑……
喂~妳想不想當雜誌模特兒？
展覽會的免費招待券呦~
我都盡量不和他們有所瓜葛。
結果有一天……
對不起~
妳可不可以幫我做個簡單的美容問卷？
很快就結束了，還可以參加夏威夷旅行抽獎
那時不知為何就降低了警戒心……
反正打發時間，做個問卷也沒什麼……
說不定還會抽中夏威夷旅行……
終於說出「好啊」。

那麼請妳跟我到這裡來
○○大樓
我們是在這棟建築物裡做問卷的
叮~
是在五樓呦
還要搭電梯啊……
真是麻煩……
5
叮~
那我先走了
咦
哈囉~♥
您好~

那層樓裡有一大堆跟我一樣被帶來的女生。
嘰嘰
喳喳
請到這裡坐～～
好險還有其他人在……
呼～
那麼我就先為妳做問卷嘍～
請多指教
好……
您平常都如何保養肌膚呢？
嗯～洗臉後就用化妝水跟乳液……
每個月的化妝品費用大約是多少？
嗯～大約3000圓左右……
早上化妝的時間？
大約10分鐘……

嗯～現在這種保養方式或許還無所謂
但24歲以後就要更徹底的保養才行呦～
妳知道嗎？因為現在的保養方式
十年後的肌膚彈力會完全不一樣呦!!
砰
若考慮到十年以後的自己～還是需要一套這樣的基礎保養組喔！
這個啊，是我們公司推出的商品～～
砰
一排～
哇～好像很貴……
其實沒有想像中那麼貴呦～因為每次只要用一點點，所以一套就可以用一年呦～
而且還可以分期付款，所以跟妳現在每個月的化妝品花費其實一樣呢～～
……
嘰喳
呱啦
嘰哩

就算妳這麼說，人家光是討飯吃就已經筋疲力盡了，哪還買得起這種東西咧～
剛才說每個月3000圓的化妝品費用也是胡謅的 根本沒有花那麼多
說我自己也有用，每天都少不了呢～
連藝人、模特兒都很喜歡呦～
那個……我和朋友約好了……
說謊
我要走了
啊……是這樣啊
呼～～總算逃出來了
悶悶
不樂
搞什麼嘛～明明說一下子就結束，結果講那麼久
也根本沒有提到夏威夷旅行的事嘛～～

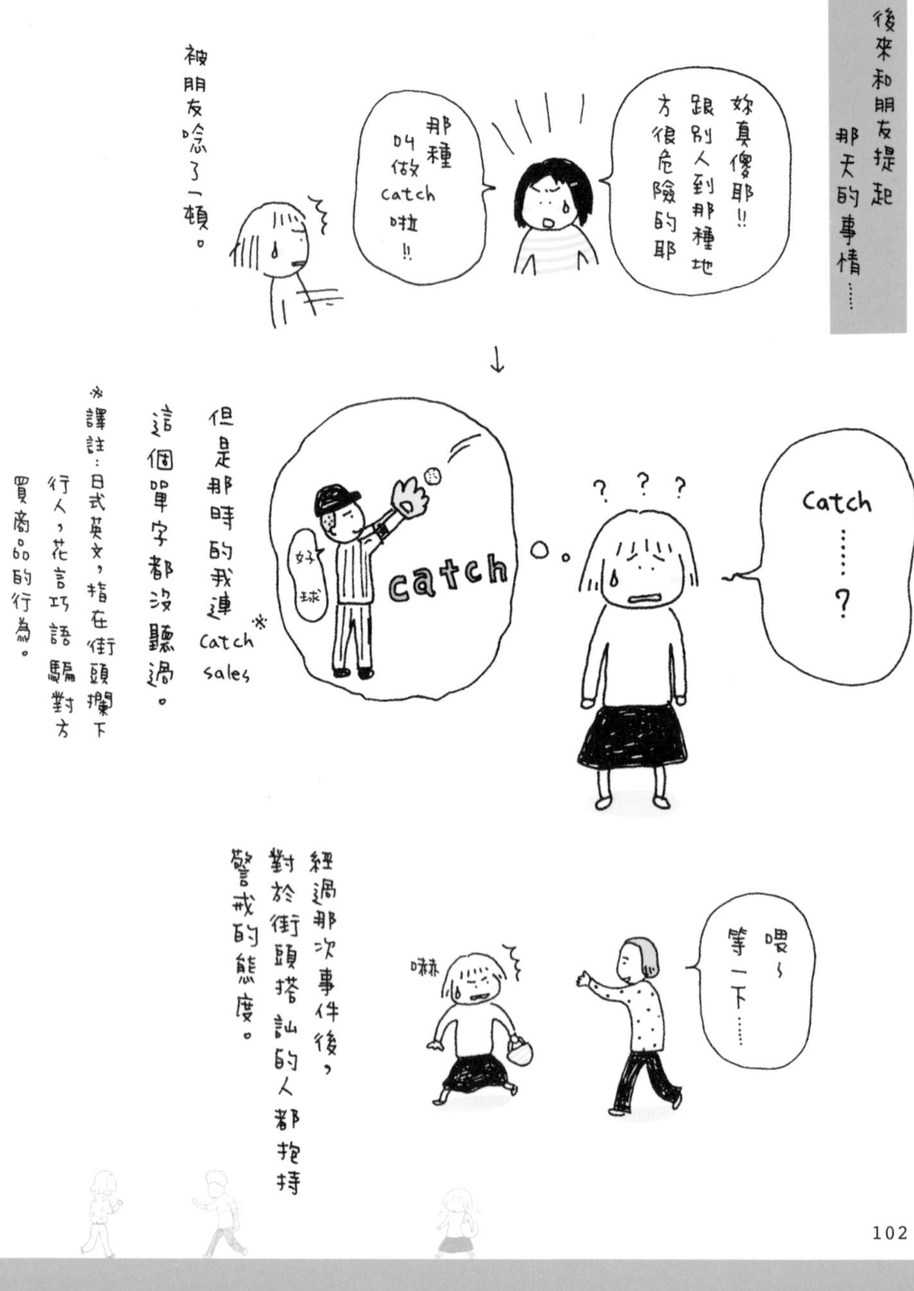

後來和朋友提起那天的事情……
妳真傻耶!!跟別人到那種地方很危險的耶
那種叫做catch啦!!
被朋友唸了一頓。
Catch……?
catch
好球
但是那時的我連catch sales※這個單字都沒聽過。
※譯註：日式英文，指在街頭攔下行人，花言巧語騙對方買商品的行為。
喂～等一下……
嚇
經過那次事件後，對於街頭搭訕的人都抱持警戒的態度。

11 返鄉探親真辛苦

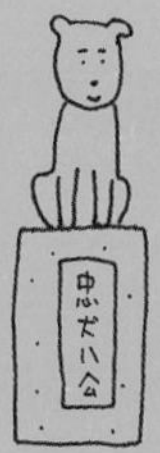

大都會東京裡有許多讓人心花朵朵開的誘惑。
哇～
閃爍
閃爍
閃爍
但無奈的是……
沒有錢
咻～
咻～
咔嗒
咔嗒
存摺
打工的錢付完房租、伙食、電費這些基本生活費就所剩無幾了……
還要繳國民年金、健康保險跟都民稅咧～
沒有多餘的錢可以花在時髦和娛樂這種滋潤生活的部分～～
人家也好想滋潤一下喔～

所以上東京以後就盡量過著節儉的生活。
衣服也很少買，所以要小心保護舊衣服。
綻線的話就補起來……
褪色的話就重新手染……
擠
擠
color
購買便宜的布料自己縫製裙子。
穿橡皮
1m ¥180
因為沒辦法經常買新鞋，所以一直穿到不能穿為止。
也曾經將髒過頭的白色運動鞋
white
用壓克力顏料重新上色。
為了省下美容院的錢，試著自己剪頭髮。
兩邊自己也可以剪嘛……
咔
鏡子
地鐵兩站的距離就用走的。
走走來運動!!
160圓太浪費了
健步如飛
買一張CD也像賭命一樣
嗯～這首曲子真不錯……
但值得花3000圓這麼多的錢嗎……
試聽中

對於過著那種嚴謹生活的我，回老家是唯一的樂趣。

可是，令人期待的返鄉探親有「交通費昂貴」的缺點。

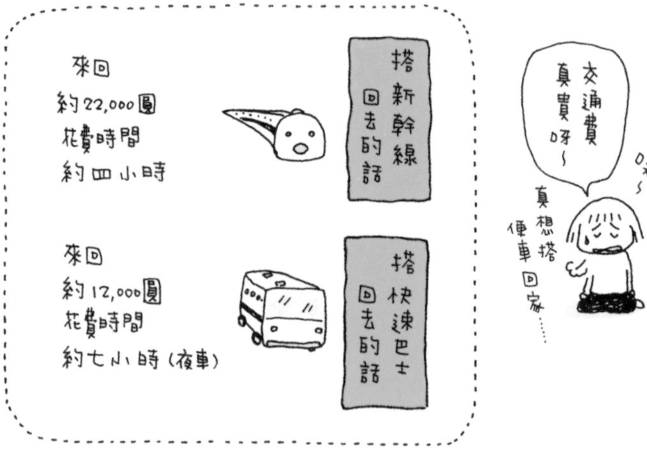

雖然搭過幾次，不過我真的很不喜歡快速巴士。因為……

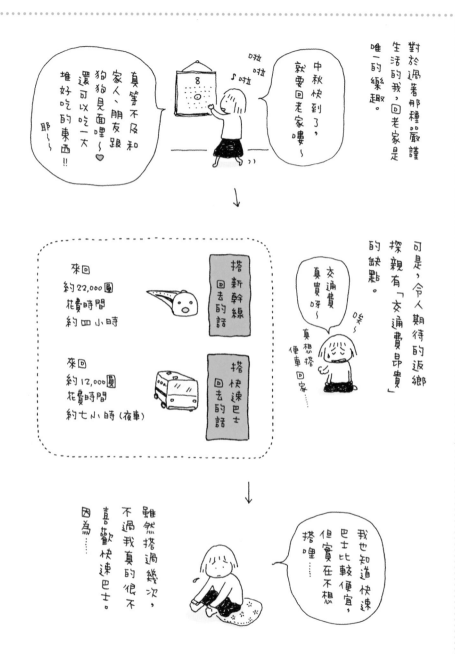

高速巴士是夜車，
而我是在巴士上無
法入睡的體質。
轟隆隆隆……
脖子好痛……
腳好痠……

有一次隔壁
坐了一個很胖
的男人，結果
我整晚都不
得安寧。
呼～
好擠～
好難受……
為什麼我要跟
陌生男人一起
肩併肩迎接早
晨來臨咧～

清晨五點抵達老家。
啾 啾
睡眠不足而
精神不濟
BUS
到巴士站接我的家人
也昏昏欲睡……

然後回程是
半夜十二點出發。
那我走嘍……
BUS
路上小心哪～
所以又得請家
人在半夜開車
送我到車站。

轟隆隆隆……
而且夜車不知為何
讓人倍感寂寞。
爹～娘～

因為這樣，
我非常不喜歡
搭高速巴士。

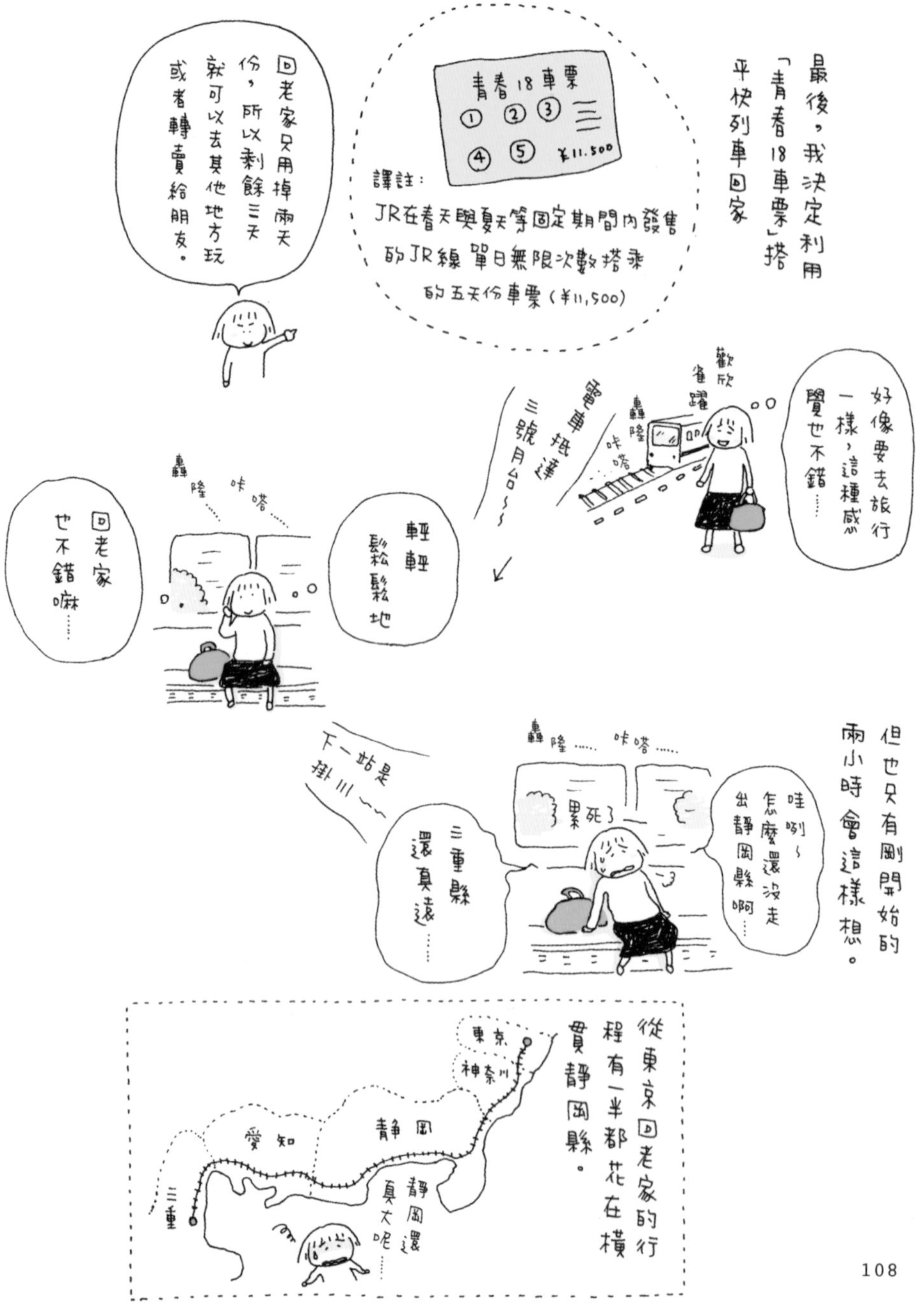
最後，我決定利用「青春18車票」搭平快列車回家
青春18車票
① ② ③
④ ⑤ ¥11,500
譯註：
JR在春天與夏天等固定期間內發售的JR線單日無限次數搭乘的五天份車票（¥11,500）
回老家只用掉兩天份，所以剩餘三天就可以去其他地方玩或者轉賣給朋友。
好像要去旅行一樣，這種感覺也不錯……
歡欣雀躍
轟隆
咔嗒
電車抵達三號月台～
轟隆……咔嗒……
輕輕鬆鬆地
回老家也不錯嘛……
但也只有剛開始的兩小時會這樣想。
轟隆……咔嗒……
哇咧～怎麼還沒走出靜岡縣啊……
累死了
三重縣還真遠……
下一站是掛川～
從東京回老家的行程有一半都花在橫貫靜岡縣。
東京
神奈川
靜岡
愛知
三重
靜岡還真大呢……

花了七個小時，總算回到家了。
虛脫
咔嗒
我回來了……
妳回來啦
母
注視~
……
?
砰
怎麼住在東京反而都穿同一套衣服呢……
沒衣服嗎？
咦……
會……會嗎？
那件裙子不是我給妳的嗎？
姐
到底要穿到什麼時候呀~
還是兩年前給妳的耶~

妳生活苦得沒錢買衣服嗎……
倒不是那樣啦……
該不會都沒有好好吃飯吧？
是啊……穿得太寒酸反而會讓老爸老媽擔心呢……
你有狗毛大衣穿還真好哩～
甚至連朋友也……
怎麼啦～
怎麼住在東京反而變得這麼老土咧～
好像比以前更土了耶？妳真的是住在東京嗎？

……
虧妳還住在東京哩，為什麼不多買點時髦的衣服？
真是太浪費了
也沒有去那種有一流美容師的美容院嗎？
哼……在東京住可是很花錢的耶!!
咔嗒
轟隆
還一流美容師咧！自己剪就好啦!!

（回程橫貫靜岡中）

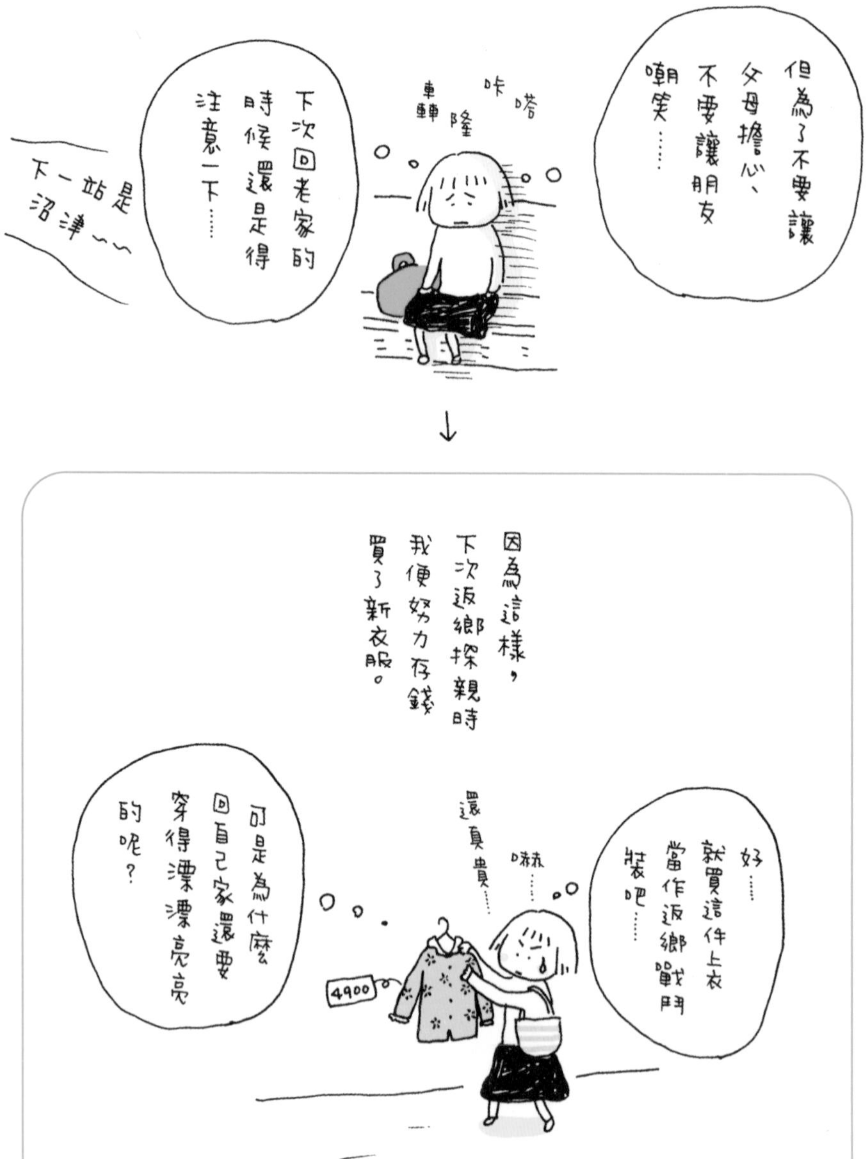
但為了不要讓父母擔心、不要讓朋友嘲笑……
咔嗒
轟隆
下次回老家的時候還是得注意一下……
下一站是沼津～～
因為這樣，下次返鄉探親時我便努力存錢買了新衣服。
好……就買這件上衣當作返鄉戰鬥裝吧……
嚇……
還真貴……
4900
可是為什麼回自己家還要穿得漂漂亮亮的呢？

幸好，返鄉戰鬥裝的風評頗佳。
咦？沒看過妳穿這件上衣嘛～
新買的？
姐
啊～這件？前陣子買的嘍～
啊～～這件上衣好可愛耶
朋友
真的？
這是在澀谷買的啦～
可是，那件返鄉戰鬥裝在回家期間不斷登場。
啪
啪
明天也要穿
……
姐
喂～妳沒有其他衣服了嗎？
我已經看到快吐了……
姐
驚
因為還沒乾，所以用熨斗燙乾
好不容易新買的衣服也一下子就變成陳年舊衣了。

可以參加電視節目錄影。
天天開心
今天天氣真暖和呀！
祝出演
對～ 啊～
我

12 首次展覽會

某天，我接到了一通電話。

恭喜您獲選為街頭畫廊的製作者。
咦!?

街頭畫廊是銀座某間銀行舉辦的櫥窗展示企劃，我也參加了這次的公開徵選。

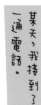

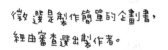

徵選是製作簡單的企劃書，經由審查選出製作者。

企劃書
高木直子
主題「夢想房間」我想展示一個讓路人忍不住想要走進去的溫暖房間。
貼上作品樣本的彩色影印。

可以使用兩個相當大的櫥窗。徵選上的製作者可以得到15萬圓的製作補助費，自由進行展示。

300cm
180cm
65cm
跟右邊一樣大小
展示期間長達四個月，所以作品必須能承受長期日曬

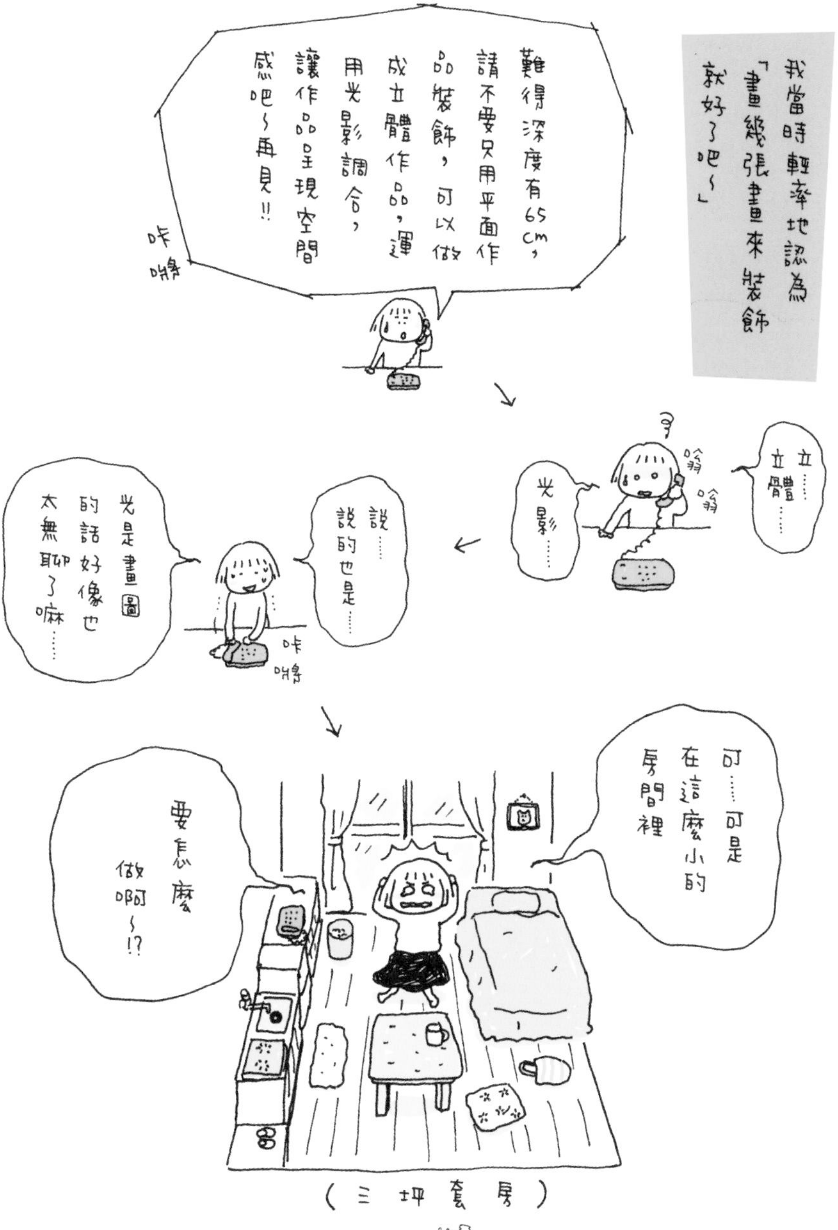
我當時輕率地認為「畫幾張畫來裝飾就好了吧～」
難得深度有65cm，請不要只用平面作品裝飾，可以做成立體作品，運用光影調合，讓作品呈現空間感吧～再見!!
咔嚓
立……立體……
嗡嗡
光影……
說……說的也是……
光是畫圖的話好像也太無聊了嘛……
咔嚓
可……可是在這麼小的房間裡
要怎麼做啊～!?
（三坪套房）

然後我就開始努力地思考……
嗯~
唔~
※思考中
計畫展示成這樣。
另一個櫥窗則做成不同版本的相同展示
Loving Living Room
掛上薄布來阻擋光線，讓後面出現淡淡的陰影
用4張畫組成房間內景
做成像是任意門的立體物，畫上走進門的人
嗯~~
那得去買材料才行……
90cm
160cm
要先做好兩扇門……

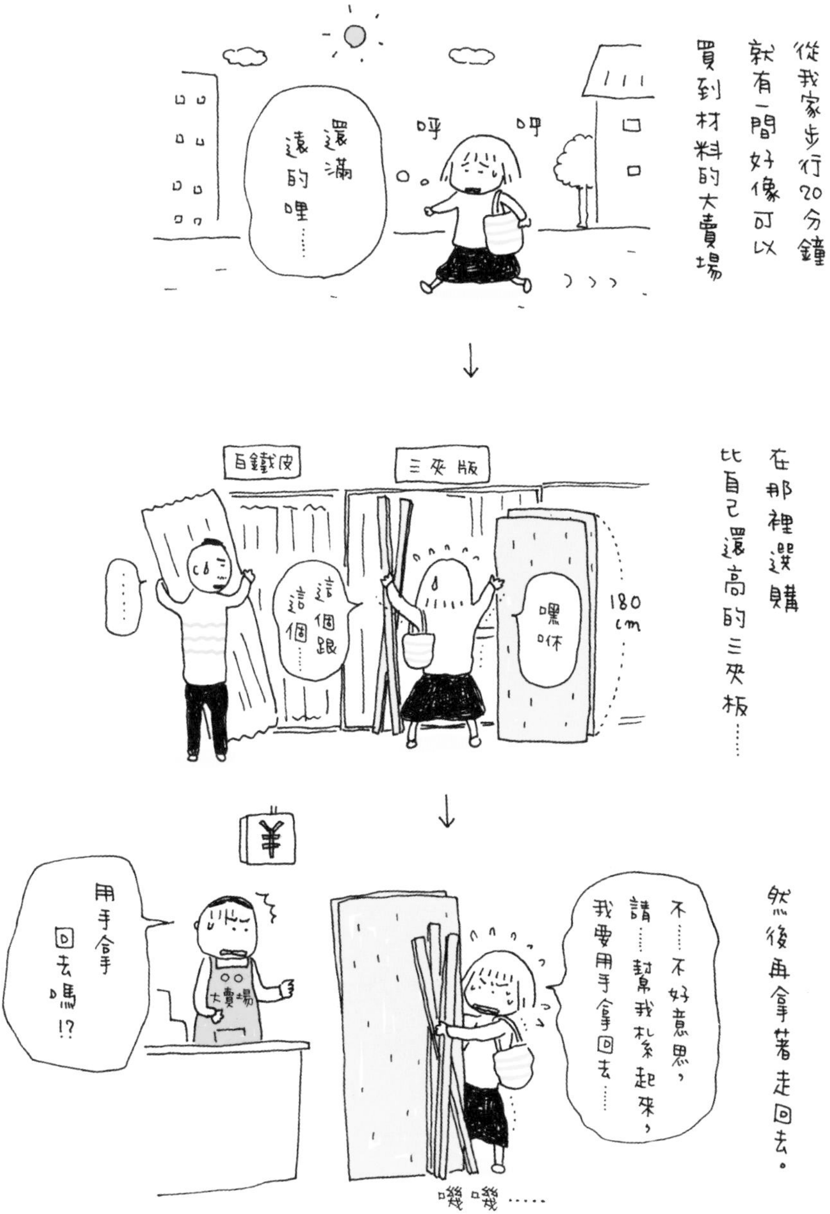
從我家步行20分鐘
就有一間好像可以
買到材料的大賣場
還滿遠的哩……
呼
呼
在那裡選購
比自己還高的三夾板……
白鐵皮
三夾版
……
這個跟這個……
嘿咻
180cm
然後再拿著走回去。
不……不好意思，
請……幫我綁起來，
我要用手拿回去……
用手拿回去嗎!?
大賣場
嘰嘰……

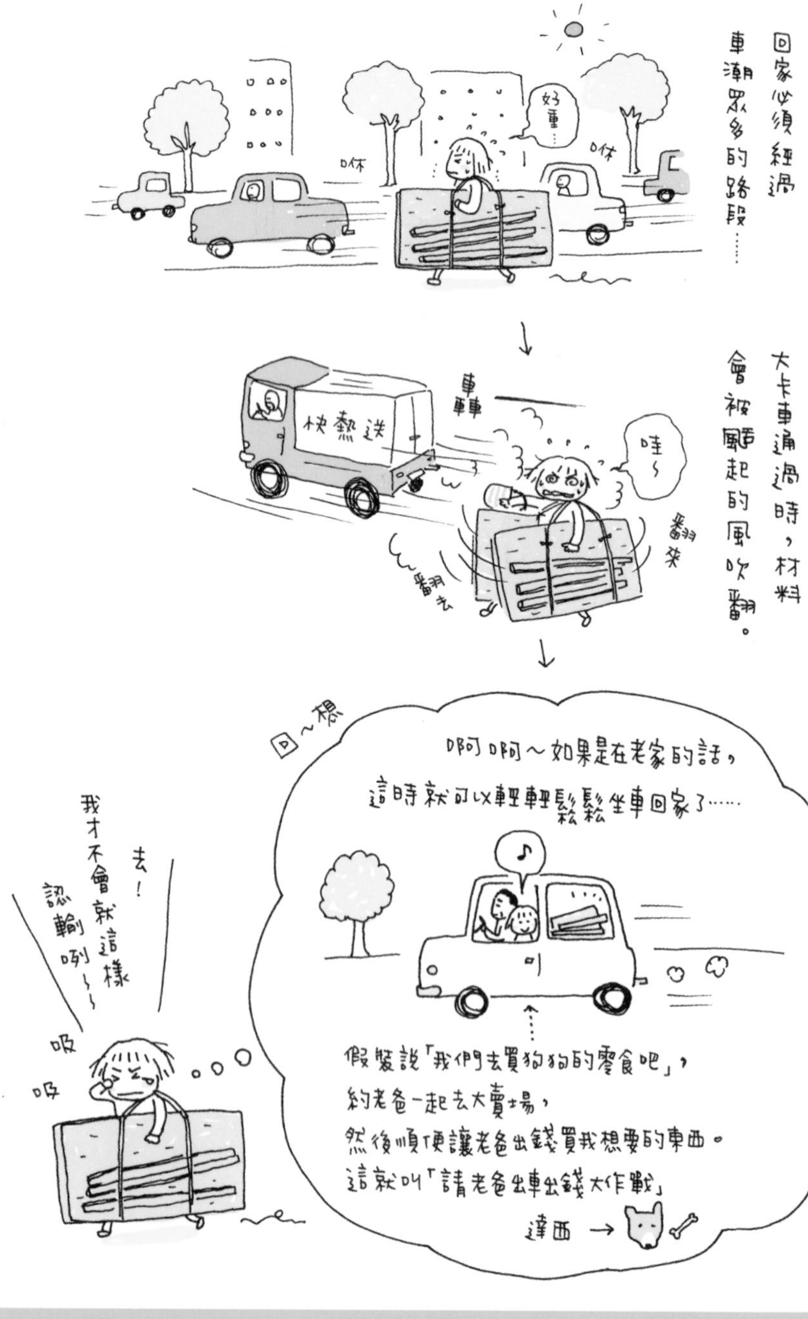
回家必須經過
車潮眾多的路段……
好重……
咻
咻
大卡車通過時，材料
會被颳起的風吹翻。
轟
快熱送
哇～
翻來
翻去
回～想
啊啊～如果是在老家的話，
這時就可以輕輕鬆鬆坐車回家了……
♪
假裝說「我們去買狗狗的零食吧」，
約老爸一起去大賣場，
然後順便讓老爸出錢買我想要的東西。
這就叫「請老爸出車出錢大作戰」
達西 →
去！
我才不會就這樣
認輸咧～～
吸
吸

總算買好材料，開始製作。
因為房間太小，所以連被子都收起來了
嘎嘎
咚咚
樓下的人可能覺得我很吵吧……
花了好幾天，總算做出兩扇立體的任意門了。
做……做好了……
然後也同時進行畫圖。
因為圖很大，所以貼在牆上畫
貼上垃圾袋以免弄髒牆
房間亂成一團，連吃飯都要站著。
吸吸吸……
自家站著吃麵亭
油漆

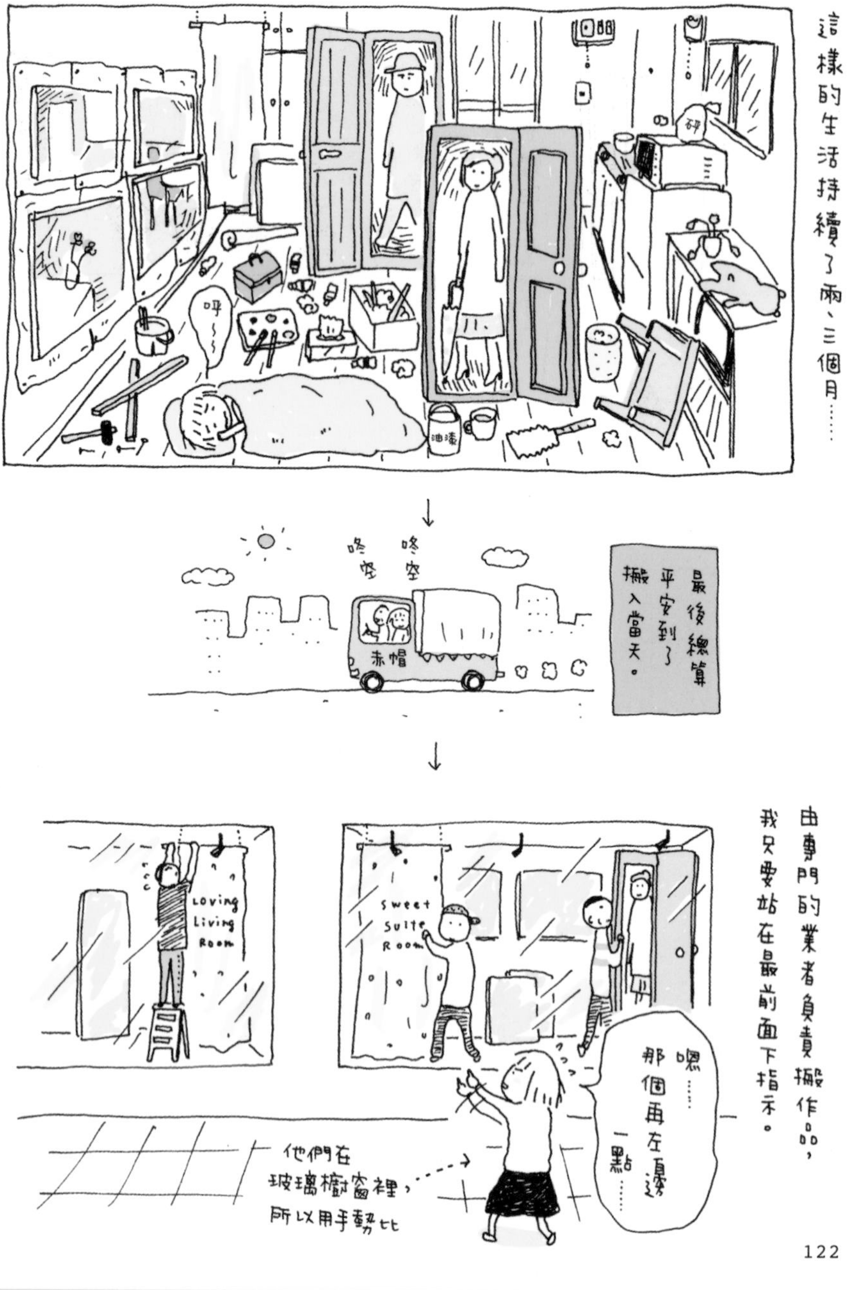

這樣的生活持續了兩、三個月……
呼~~
砰
油漆
咚空 咚空
赤帽
最後總算平安到了搬入當天。
由專門的業者負責搬作品，我只要站在最前面下指示。
Loving Living Room
Sweet Suite Room
嗯……那個再左邊一點……
他們在玻璃櫥窗裡，所以用手勢比

昨天還被埋在那麼小的房間裡，現在竟然擺得那麼美麗，真令人感動。
你們……也變得這麼美了……
淚眼汪汪～
最後總算擺好了。
○○銀行
Loving Living Room
Sweet Suite Room
辛苦您了～
辛苦啦～
萬歲～～
終於完成啦～
總算可以恢復正常生活啦!!
恢復平靜的生活後，某一天電話響起……。
鈴鈴鈴
啊，我是爸爸啦！我們全家要去看妳在銀座的那個櫥窗啦，下個月會去妳那兒～
啥……全家!?

三月冰冷的下雨天，全家四人到了東京。
來了……
約在銀座和光百貨前面
姐 弟 父 母
(雨男)
東張
西望
東京怎麼樣？
習慣了嗎？
嗯ㄟ……
我們一家走在銀座街頭實在很奇怪……。
銀行
就是那家銀行的櫥窗啦
嗯～～
ㄟ～～
嗯～
很厲害嘛～全部都是妳做的？
對……對啊……
雖然吃了不少苦……

喂，拍張照吧！在前面排好
噢～
人來人往的，好丟臉耶……
沒關係！沒關係！
好啦！大家排好～
我的畫掛在東京街頭，我的家人並排站在那前面，總覺得……
總覺得怪怪的哩……
再靠近一點～

拚著一口氣一個人上東京，
遇到的淨是不順心的事。

好幾次都懷疑自己的決定
究竟有沒有錯……

↓

因為我上東京，
不論是我的人生……
或者是和我相關的人
他們的人生……

也一點一滴地改變了啊……

雖然完全不知道今後會
變得怎樣，
不過我當時決定再在
這個地方努力一下。

快樂in東京

小鹿亂撞遊東京

在我24歲一個人上東京之前，
也曾經到東京旅行過幾次。
Welcome TOKYO
小學3年級的時候
和家人旅行時第一次踏上東京的土地。被超多的人群和建築嚇到。
被巨大的陽光60大樓嚇呆。
哇啊……
轟~隆~
姐
弟
中學3年級的時候
畢業旅行到東京。參觀迪士尼樂園、東京巨蛋、國會議事堂等。
一個接一個
好！第4組前進!!
團體入口
行程表
一律團體行動
然後是20歲的時候……
和兩個好朋友計畫到東京旅行。
我想去澀谷耶~
一定要看忠犬八公!!
還要去吃文字燒才行
東京
我想去原宿吃可麗餅!!
也得去銀座逛逛
這是第一次隨自己喜好去東京玩。

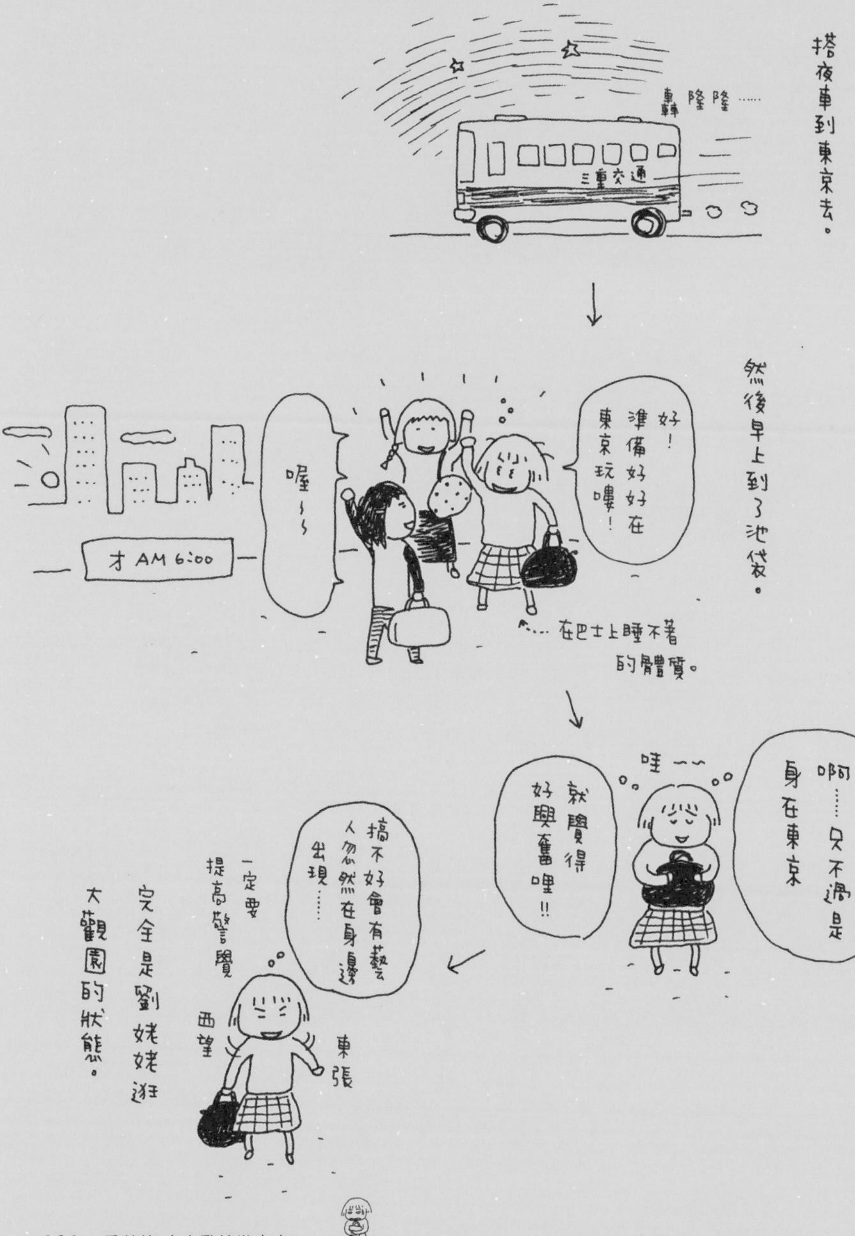
搭夜車到東京去。
轟隆隆……
三重交通
然後早上到了池袋。
好！準備好好在東京玩嘍！
喔～～
才 AM 6:00
在巴士上睡不著的體質。
啊……只不過是身在東京
哇～～
就覺得好興奮哩!!
搞不好會有藝人忽然在身邊出現……
一定要提高警覺
東張西望
完全是劉姥姥逛大觀園的狀態。

然後去了許多
嚮往的地方。
★上野的商店街
商店街
魚
AMEYOKO 運動品
歡迎光臨~
慶典嗎
人好多耶~
大家別走散哪~
★原宿竹下通
crepe
嚮往的邊走邊吃可麗餅
好吃耶~
果然還是巧克力香蕉讚啦~♡
明明就是第一次吃……
★銀座一帶
我們現在……
在銀座逛街耶!!
★惠比壽花園宮
好像國外一樣喔~
好大耶~
★文字燒店家
已經烤好了嗎?
……
已經可以了吧?
滋滋滋~
★澀谷血拚
完全被忽視
要去哪裡呢?
哈哈哈~

東京不但東西多、要什麼有什麼，真好耶～
而且又很時髦～
如果可以住在東京，一定每天都很快樂……
真好耶～
蛋糕組合

↓

可是到哪裡都是人擠人……
虛脫～
地下鐵又那麼複雜
呼～
電車也擠得要死……
累翻
累死人了……
蛋糕組合

當時雖然覺得東京是很繁華、快樂的地方，但是亂七八糟的、人又很多，總覺得很可怕。而造成這種想法的最大推手就是當時飯店的所在地。

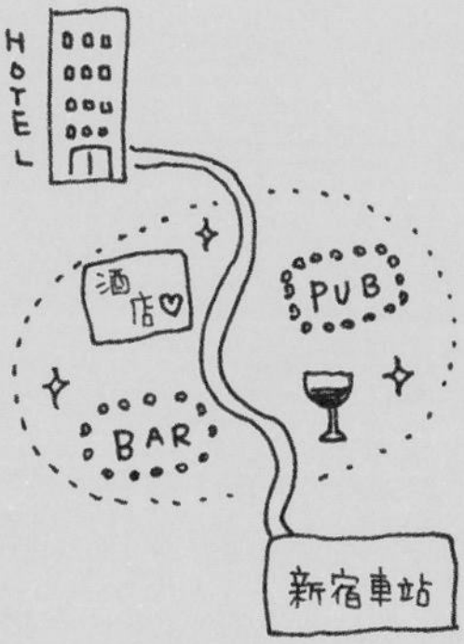
HOTEL
酒店♡
PUB
BAR
新宿車站

我們隨便看書選擇的飯店在日本最大歡樂街——歌舞伎町的另一頭。

對於鄉下土包子的我們而言，夜晚的歌舞伎町是非常可怕的地方。
Snack
變裝酒店
酒店
本店
NO.1
5000圓 大特價
CLUB
哇哈哈哈
為什麼晚上人還這麼多呢~~
緊抓
包包拿好！搞不好會被搶哩……
妳……妳們看!!
嘰嘰
喳喳
咦~~有人倒在地上!!
死……死翹翹了嗎？
看熱鬧的
可能是急性酒精中毒的兩個年輕人。
歐~咿~
歐~咿~

嘰嘰
喳喳
……
嗚……東京果然好可怕呦……
嗯……
人家不想變成那樣……
真可怕……
帶著這種心情，我們在東京度過了三天，回家的日子到了。
回程是池袋出發的夜車
三重交通
往三重的旅客請上車
啊～東京之旅也結束了呢……
下次再一起來吧～
玩得真快樂啊～
東京雖然很快樂，但心裡也想趕快回老家去。

一邊眺望東京的霓虹燈，一邊感嘆「東京雖然很好玩，但可能不太適合居住吧」。
z
東京掰掰……
呼~
呼~
轟隆隆……
不過如果真的住在這裡，不知道會是怎樣的生活哩……
我也在心裡偷偷幻想了一下。
但那時真的萬萬想不到
四年以後我會真的一個人上東京。

快樂 in 東京

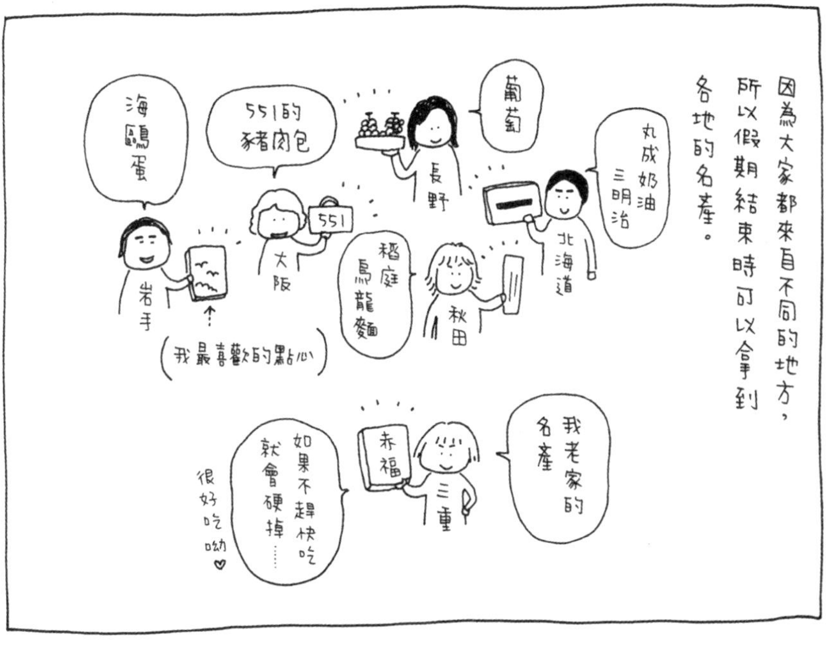

因為大家都來自不同的地方，所以假期結束時可以拿到各地的名產。
葡萄
長野
丸成奶油三明治
北海道
551的豬肉包
551
大阪
海鷗蛋
岩手
我最喜歡的點心
稻庭烏龍麵
秋田
我老家的名產
赤福
三重
如果不趕快吃就會硬掉……
很好吃呦♡

○後記

東京裡住著許多來自全國各地的人，我有時也會想，大家上東京時是懷著怎麼樣的心情呢？可能是為了升學或就業、可能是為了自己的夢想，也可能只是單純地想到東京來，我想每個人都有不同的原因吧。

雖然我是因為「想要成為插畫家」，但由於從小就認定「東京是個很可怕的地方」，再加上原本就很膽小，所以一個人上東京需要很大的勇氣。

不過，因為覺得東京有更多成為插畫家的機會，而且如果一直待在老家，或許有一天會後悔「唉，如果當時狠下心上東京，說不定自己的人生就會不一樣了……」所以，嗯～也是抱著「失敗的話也可以徹底死心」的心情，一個人到了東京來。

可是，在東京住下來後，才發現思鄉病和經濟問題都比當初想像得更加嚴重，甚至覺得在這裡找不到自己的歸依。剛上東京的我經常動不動就哭泣，老是懷疑：「上東京是不是一個錯誤的決定？」

現在回想起來，自己當初會如此焦頭爛額，也是因為急於發掘「上東京的意義」。雖然也會想乾脆回老家算了，但一旦上了東京，要回老家也需要極大的勇氣與決斷力。因此，我一邊告訴自己「再在東京努力一下下吧」，一邊拭去淚水，勉強撐過每一天。

不知不覺到東京也有六年了，或許是因為插畫工作總算步上軌道，加上已經習慣了東京生活吧，我覺得上東京真好呢！當時如果留在老家，也許現在的我會過著另一種幸福的生活，但東京生活也挺不錯的。對於當時在徬徨中決定上東京的自己，忍不住要說一聲好哩。

最後，對於老爸老媽當時毫無怨尤地，讓我這個危險女兒一個人上東京，現在更是心懷感激。

2004年5月 高木直子

快樂in東京

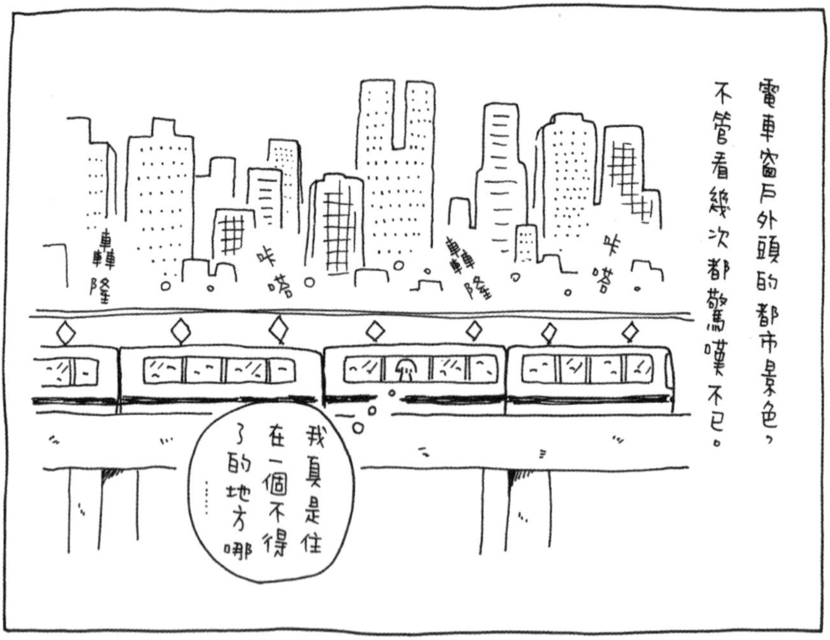

TITAN 149

一個人上東京（新版）

高木直子◎圖文

常純敏◎翻譯　張珮萁◎手寫字

出版者：大田出版有限公司
台北市104中山北路二段26巷2號2樓
E-mail：titan@morningstar.com.tw
http：//www.titan3.com.tw
編輯部專線（02）25621383
傳真（02）25818761
【如果您對本書或本出版公司有任何意見，歡迎來電】

填回函雙重贈禮♥
①立即送購書優惠券
②抽獎小禮物

總編輯：莊培園
副總編輯：蔡鳳儀
行銷編輯：張筠和
行政編輯：鄭鈺澐

初版：二〇〇五年六月三十日
新版初刷：二〇二三年一月一日
新版二刷：二〇二四年五月十七日
定價：新台幣 290 元
網路書店：https://www.morningstar.com.tw（晨星網路書店）
購書專線：TEL：（04）23595819　FAX：（04）23595493
購書Email：service@morningstar.com.tw　郵政劃撥：15060393
印刷：上好印刷股份有限公司　（04）23150280
國際書碼：ISBN 978-986-179-780-9　CIP：861.6／111017876

法律顧問：陳思成

最新作品

便當實驗室開張：
每天做給老公、女兒，
偶爾也自己吃

媽媽的每一天：
高木直子東奔西跑的日子

媽媽的每一天：
高木直子陪你一起慢慢長大

媽媽的每一天：
高木直子手忙腳亂日記

已經不是一個人：
高木直子 40 脫單故事

再來一碗：
高木直子全家吃飽飽萬歲！

一個人好想吃：
高木直子念念不忘，
吃飽萬歲！

一個人做飯好好吃

一個人吃太飽：
高木直子的美味地圖

一個人和麻吉吃到飽：
高木直子的美味關係

一個人邊跑邊吃：
高木直子呷飽飽
馬拉松之旅

一個人出國到處跑：
高木直子的海外
歡樂馬拉松

一個人去跑步：
馬拉松 1 年級生

一個人去跑步：
馬拉松 2 年級生

一個人去旅行
1 年級生

一個人去旅行
2 年級生

一個人暖呼呼：
高木直子的鐵道溫泉祕境

一個人到處瘋慶典：
高木直子日本祭典萬萬歲

一個人好孝順：
高木直子帶著爸媽去旅行

一個人的狗回憶：
高木直子到處尋犬記

台灣出版16週年
全新封面版

150cm Life

150cm Life ②

150cm Life ③

一個人搞東搞西：
高木直子閒不下來手作書

一個人住第 5 年

一個人住第 9 年

一個人住第幾年？

一個人的第一次

一個人漂泊的日子 ①
（封面新裝版）

一個人漂泊的日子 ②
（封面新裝版）

我的 30 分媽媽

我的 30 分媽媽 ②

啊~妳的口音好重呦!是哪裡人?
我有口音?
那個……三重縣人

恐慌in東京

黑輪竟然沒有附味噌醬。